rororo

ro
ro
ro

Zu diesem Buch: Verbrechen, die Schlagzeilen machen: DER EURO IST TOT!
Neue Währung, alte Tricks. Als ein Scharfschütze mit einem Hamburger Bankier auf der Alster tödliches Schiffeversenken spielt, schaltet Victor Jacobi sein Omega-Team ein. Die Spur führt schnell zu dem russischen Demagogen Schirinski. Der brutale Waffenhändler und skrupellose Politiker bestreitet seinen sündhaft teuren Wahlkampf aus so unerschöpflichen wie obskuren Geldquellen. Der Feind des Euro ist also nicht allein nur der Dollar.

Was in der Realität unwahrscheinlich erscheint, wird in der Fiktion spektakuläre Wirklichkeit. Denn unter dem *nom de guerre* Mike Jaeger schreiben renommierte Autoren, denen es Vergnügen bereitet, die dramaturgischen Mittel des Fernsehens zu adaptieren. Atemberaubende Situationen und rasante Dialoge stehen im Mittelpunkt dieser innovativen Action-Serie, die einzigartig auf dem deutschen Krimi-Markt ist.

In der Mike-Jaeger-Serie sind die Action-Thriller «Feuervogel» (thriller Nr. 43357), «Höllenhunde» (Nr. 43359) und «Killerviren» (Nr. 43358) erschienen.

Mike Jaeger

EUROKILLER

DAS OMEGA-TEAM

Ein Action-Thriller von
Karr & Wehner

Rowohlt Taschenbuch Verlag

rororo thriller

Herausgegeben von Bernd Jost

Originalausgabe
Veröffentlicht im Rowohlt Taschenbuch Verlag
GmbH, Reinbek bei Hamburg, Dezember 1999

Idee und Konzeption Peter M. Hetzel
und Robert Brack
Redaktion Peter M. Hetzel
Umschlaggestaltung Walter Hellmann
(Foto: MAURITIUS-nonstock)
Satz Bembo und DIN-Engschrift Alternate
PostScript (PageOne)
Gesamtherstellung Clausen & Bosse, Leck
Printed in Germany
ISBN 3 499 43375 3

Für diesen Roman wurden keine Tiere gequält oder getötet.

«So regen wir die Ruder,
stemmen uns gegen den Strom –
und treiben doch stetig zurück,
dem Vergangenen zu.»

(F. Scott Fitzgerald: Der große Gatsby)

EINS

Hamburg, 12. November, 11.56 Uhr Ortszeit

Der Russe montierte das Gewehr. Bevor er es lud, drückte er den Abzug und lauschte dem Klicken. Die Waffe funktionierte trotz ihrer Jahre immer noch glänzend. Er schob den Vorhang am Fenster beiseite und öffnete den Kippflügel. Ein kühler Luftzug strömte in die Suite. Vor dem Hoteleingang bewegten sich die Fahnen in der Brise, die auch die Wolken von der Küste in die Stadt trieb. Die Luft roch nach Salz und frühem Winter. Eine Schar Möwen durchschnitt den Horizont.

Der Russe spähte durchs Zielfernrohr. Die Sicht war ausgezeichnet. Kein Dunst, kein Flirren der Sonne auf dem Wasser. Am Rand des Sichtfeldes hob eine Dogge ihr Bein an einem Baum. Von rechts näherte sich auf der Uferpromenade eine Frau mit Kinderwagen. Er hob den Lauf; der Kopf der Frau erschien im Fadenkreuz. Er zog das Bild scharf. Sie war um die Dreißig und trug eine rote Mütze. Der Russe ließ das Fadenkreuz mitwandern und erfaßte den Kinderwagen.

Auf dem Parkplatz an der Außenalster stand ein schwarzer Alfa Romeo zwischen den Mittelklassewagen. Ein Chauffeur lehnte am Heck und drehte dem Hotel den Rücken zu. Zigarettenrauch stieg auf. Der Russe riskierte einen Blick über die abgestellten Fahrzeuge. Der Chauffeur stellte kein Hindernis dar.

Koslowski rangierte den Kleinlaster mit dem Bad Segeberger Kennzeichen auf den Parkplatz hinter dem tristen Backsteinbau der Einkaufsgenossenschaft für christliche Devotionalien. Drinnen im Lager türmten sich Kisten auf den Stahlregalen, es roch nach Weihrauch und Myrrhe, und wie immer, wenn Koslowski herkam, machte sich ein Gefühl von Weihnachten in ihm breit. Der Lagermeister hockte zusammen mit einem stämmigen Kerl in seinem Glasverschlag am Eingang. Aus dem Ghettoblaster neben seinem Computerterminal klangen die Schlußtakte der MISSA SOLEMNIS.

Koslowski rückte seinen schwarzen Binder über dem weißen Hemd zurecht, wischte ein unsichtbares Stäubchen vom Revers seines schwarzen Anzuges und nahm die schwarze Sonnenbrille ab, ehe er die Tür aufstieß. «Ich bin im Namen des Herrn unterwegs!»

Der Lagermeister hob den Blick. «Laß die Scherze, Koslowski!» Er langte nach der Liste, die Koslowski ihm reichte, trennte die Kopie des Durchschreibesatzes ab und drückte das Original dem Stämmigen in die Hand. «Das schaffst du noch bis Mittag, klar!»

Der Stämmige stülpte sich eine rote Pudelmütze auf den Kopf und stapfte ins Lager, um die drei Dutzend Schmuckkerzen, die Ladung Oblaten, die fünf Kisten Meßwein und die vier Beutel Weihrauch für die katholische Kirchengemeinde Bad Segeberg-Süd in Koslowskis Lieferwagen zu verstauen. Für die beiden Bodenvasen mit Alpha- und Omega-Aufdruck besorgte er sich eine Sackkarre.

Der Lagermeister tippte die Waren in den Computer ein und ließ die Rechnung ausdrucken. Koslowski stöberte unterdessen die CD-Sammlung auf der Ablage durch und schob Händels MESSIAS in den Player.

«Wie sieht's bei euch in Bad Segeberg aus?» Der Lagermeister schob ihm die Rechnung zum Unterschreiben hin.

«Wie immer! Winnetou betet jetzt zweisprachig und missioniert Hadschi Halef Omar.» Koslowski unterschrieb, damit die rund 1500 Euro vom Gemeindekonto abgebucht werden konnten. «Und was gibt's hier Neues?»

«Bei Ringo läuft jetzt wieder eine Live-Nummer mit einer Nonne.» Der Lagermeister holte einen gelben Zettel aus der Brusttasche seines Hemdes. «Hier. Damit kommst du umsonst rein.»

«Nonnen gibt's überall.» Koslowski musterte den Gutschein. «RINGOS CLUB – Sex-Cabaret de luxe»

«Aber nicht mit einem Esel», grinste der Lagermeister.

Der Russe wechselte das Standbein und lehnte sich gegen die Fensterbrüstung. Die Dogge markierte den nächsten Promenadenbaum. Der Novemberwind kräuselte die Außenalster zu einem schiefergrauen Relief. Der einsame Ruderer in seinem roten Kajak auf dem Wasser setzte einen grellen Akzent. Dieser Malewitsch-Fälscher, dessen Bilder er einmal in den Westen geschmuggelt hatte, hatte ein solches Grau gemalt. Der Mann in dem Kajak tauchte das Paddel mit gleichmäßigen Bewegungen ins Wasser. Er trug eine wetterfeste Jacke in dem gleichen Rot wie sein Boot. Die Kapuze hing ihm im Nacken.

Der Mann war Mitte Fünfzig, er wirkte gepflegt, der graue Kinnbart war sorgfältig gestutzt und sein Teint von der gesunden Bräune jener Menschen, die es sich leisten konnten, dem Hamburger Herbst an irgendeinen Sonnenstrand zu entfliehen. Das Bild im Okular verwischte, als der Russe wieder zu dem Kinderwagen schwenkte. Die Dogge trabte heran und beschnüffelte die Räder. Die Frau blieb stehen und wechselte ein paar Worte mit dem Mädchen, das den Hund an der Leine hielt. Die Kleine war vierzehn oder fünfzehn, trug einen verblichenen Parka und dreckige Turnschuhe. Selbst aus dieser Entfernung waren ihre hohen Wangenknochen und die schmalen Augen zu erkennen. Sie zog den Hund am Halsband weg. Die Waffe des Russen blieb auf den Kinderwagen gerichtet. Der Kajak war fast auf gleicher Höhe. Der Russe atmete aus und faßte den Druckpunkt des Karabiners.

Schon als er bedauernd die Hände hob, spürte der Innensenator, wie die Stimmung im Konferenzsaal kippte. Dann ruinierte er die Atmosphäre vollends: «Ich fürchte, wir müssen Ihr Angebot ablehnen, Herr General!»

Obwohl Pawel Störtebecker nicht nur bei seinen Parteifreunden, sondern zur allgemeinen Verwunderung auch bei der Opposition im Senat den Ruf genoß, ein ebenso verbindlicher wie kompromißloser Stratege zu sein, war er sich nicht sicher, ob er die richtigen Worte gefunden hatte, um seinem Gastgeber seinen Standpunkt klarzumachen.

Sein Gegenüber war ein breitschultriger Hüne in einem Anzug, der entweder der neueste modische Schrei war oder aus der letzten Altkleidersammlung stammte. Der Knoten der roten Krawatte klemmte direkt über dem Adamsapfel. Der Mann beugte sich zu dem Glatzkopf an seiner Seite. Der Dolmetscher übersetzte Pawels Worte ins Russische.

Der Hüne verzog keine Miene. Dann stieß er ein paar knappe Sätze mit vielen Konsonanten aus und deutete auf die Angebotsmappe mit dem GAZPROM-Logo. Störtebecker blickte hilfesuchend auf seinen Referenten.

«Herr Schirinski ist der Auffassung, daß Sie sich noch gar kein richtiges Bild von seinem Angebot gemacht haben», erklärte der Dolmetscher. «Er kann Ihnen im Namen der GAZPROM jede Garantie über jede von Ihnen gewünschte Liefermenge geben.» Der Dolmetscher wartete einen Moment, bis der Hüne die nächsten Stakkatosätze von sich gab. Störtebecker verstand kein Wort, aber er begriff, daß Fjodor Jewgeniwitsch Schirinski nicht zu den Männern gehörte, die Einwände akzeptierten. Der GAZPROM-Manager überragte selbst im Sitzen alle anderen am Tisch um gut eine Kopflänge. Seine stahlblauen Augen unter den dichten Brauen fixierten den Innensenator. Die blonde Wikingermähne wallte ihm auf die Schultern. Störtebecker verstand langsam, was die Leute in Rußland an dem Mann faszinierte. Der Ex-General und Tschetschenienheld hatte Charisma. In anderen Ländern wäre er vielleicht Popstar geworden, irgendeine Art von Heavy-Metal-Rocker mit einer Show in Ketten und Leder. Aber statt dessen hatte Schirinski sich für die politische Bühne entschieden. Er kandidierte bei der nächsten Präsidentschaftswahl und trat auf seinen Großkundgebungen als «Retter Rußlands» auf.

Daß er sich überhaupt in der Stadt aufhielt, hatte Störtebecker erst gestern aus einem Routine-Memo des Staatsschutzes erfahren. Schirinski hatte für sich und seine Mannschaft kurzerhand alle 23 Zimmer des Hotels AN DER ALSTER gemietet. Der Prachtbau im Empirestil beherbergte außerdem eines der elegantesten Restaurants, das die Gegend zu bieten hatte; klassische Küche der obersten Preiskategorie, die selbst für den Innensenator nur auf Spesenquittung erschwinglich war.

Weil im Memo der Staatsschützer als Zweck von Schirinskis Besuch nur «Kranzniederlegung an der Gedenkstätte Neuengamme» und «geschäftliche Gespräche» vermerkt war, hatte sich der Innensenator nicht weiter darum gekümmert. Bis sein Referent ihm dann heute morgen eine Telefonnotiz hingeschoben hatte. «Genosse General Fjodor Jewgeniwitsch Schirinski freut sich, den Genossen Innensenator zu einem Geschäftsessen in seinem Hotel zu empfangen.»

Schirinski pochte auf den GAZPROM-Hefter. «Das ist mein Angebot!» sagte er zu Störtebecker auf deutsch. «Lesen Sie, Genosse!» Er sagte noch ein paar Sätze auf russisch.

Der Dolmetscher senkte zuerst seinen Blick und dann

seine Stimme. «Bei Abschluß des Gasliefervertrages und der Kreditierung des Preises werden zehn Prozent der Summe als Vermittlungsprovision fällig. Zur Auszahlung benötigen wir lediglich Namen und Konto des Vermittlers.»

Der Referent des Innensenators rutschte unruhig auf seinem Stuhl herum. Störtebecker konnte ihm ansehen, wie er sich seinen Anteil an den zehn Prozent von siebeneinhalb Millionen Euro ausrechnete, und legte ihm beruhigend die Hand auf den Arm.

«Der Senat hat eine langfristige Abmachung mit unserem örtlichen Versorger», sagte er langsam. «Ihr Angebot, uns Gas zu einem konkurrenzlos niedrigen Preis zu liefern, ist sicherlich interessant. Aber es wäre besser gewesen, wenn Sie Ihren Vorschlag zunächst auf dem üblichen Weg schriftlich unterbreitet hätten, anstatt hier innerhalb von zwei Stunden eine Entscheidung von mir zu verlangen.» Schirinskis Blick blieb starr auf ihn gerichtet, während der Dolmetscher übersetzte.

«Wenn Sie diese Entscheidung nicht treffen können, dann suchen Sie jemanden, der es kann!» Schirinski griff nach der ledergebundenen Speisekarte und reichte sie der schwarzhaarigen Schönheit neben sich. Störtebecker hatte die Frau im ersten Augenblick für eine verständnisvolle Gespielin gehalten, die dem Retter Rußlands die knappe Freizeit versüßte. Erst im letzten Moment hatte er sich an einen Satz aus dem Staatsschutz-Memo erinnert: «In Schirinskis Begleitung reist seine Tochter Alexandra Feodorowna, 27, aufgewachsen in der Schweiz, Fotomodell in New York und seit drei Monaten auf Wunsch ihres Vaters wieder in Moskau.»

Alexandra Feodorowna war eine Schönheit. Um den Hals trug sie eine goldene Kette. An ihrem Ohr baumelte ein walnußgroßer, in Gold gefaßter Bernstein, in dem ein langbeiniges Insekt eingeschlossen war. Ihre Hand spielte mit dem Stein, während sie die Karte studierte.

«Machen wir eine Pause.» Schirinski sprach wieder deutsch, und seine Feststellung ließ Störtebecker keine Chance zum Widerspruch. «Essen wir zunächst einmal, Genosse Pawel.» Er lächelte. «Wie hat schon Ihr großer Führer gesagt: Große Entscheidungen soll man nicht mit leerem Magen treffen!»

Störtebecker sah, wie sein Referent zur Salzsäule erstarrte. Er lächelte Schirinski an. «Aber natürlich», sagte er. «War es nicht unser allseits verehrter Bundeskanzler Helmut Kohl, der Einiger Deutschlands und erklärte Liebhaber von Pfälzer Saumagen?»

Der Russe entspannte sich. Er ließ die klare Novemberluft in langen Zügen ein- und ausströmen. Das Baby war unter dem Windschutz des Kinderwagens kaum zu erkennen. Das Mädchen mit der Dogge verschwand hinter der nächsten Kastanie. Er hob den Karabiner, bis das Fadenkreuz die rote Mütze der Frau am Kinderwagen erfaßte, die er als Bezugspunkt für den Vorhalt von Gewehr und Zielfernrohr gewählt hatte. Er schwenkte nach links über die Wasserfläche, bis er den Kajakfahrer im Visier hatte, und zog mit einer glatten Bewegung durch. Der Rückstoß preßte den Gewehrkolben gegen seine Schulter; ein schmales Rauchwölkchen kräuselte sich aus dem Lauf. Dem Mann im Kajak entglitt das Paddel. Der Russe jagte eine zweite Kugel hinterher. Sein Opfer sackte zusammen. Er trat ans Fenster, zog den Vorhang zu, zerlegte das Gewehr und verstaute es im Koffer. Einen Augenblick betrachtete er das Mannlicher-Gewehr mit dem zerschrammten Kolben voller Ehrfurcht, dann drückte er den Koffer zu.

Draußen vor dem Hotel heulten Sirenen. Der Russe streifte sich seine schwarze Perücke ab und spähte noch einmal durchs Fenster. Auf der Uferpromenade jagte ein Rettungswagen heran. Er hatte nicht mehr viel Zeit.

Koslowski behielt die Rothaarige in ihrem hautengen Latex-Catsuit im Blick, die sich in ihrem Fenster rekelte, während er seine Telefonkarte in den Automaten schob und die Nummer von Pater Vortmann wählte. Das Latex schimmerte wie gehärteter Stahl und zeichnete die prallen Brüste und den Bauch der Rothaarigen ab.

«Kirchengemeinde Bad Segeberg, Gott sei mit Ihnen!»

«Ich häng hier fest», log Koslowski. «Der Wagen.»

«Nun ...», sagte der Seelsorger in seiner gemeindebekannten Entschlossenheit.

«Nichts Schlimmes.» Koslowski sah zu seinem Lieferwagen, der zwanzig Meter hinter ihm an der Ecke stand. Ein Glatzkopf versuchte sich gerade im Windschatten des Seitenspiegels eine Zigarette anzuzünden. Die Gummilady preßte ihre latexbespannten Brüste noch weiter heraus und fuhr sich mit den Händen über die schimmernden Hüften. Die große Hure an den Wassern von Babylon, die Pater Vortmann zur Abschrekkung im Männerkreis der Kirchengemeinde anführte, mußte über ähnliche Qualitäten verfügt haben. Ein roter Reißverschluß markierte die Stelle, von der Koslowski sich vornahm, sie gleich genauer zu untersuchen. «Die in der Werkstatt sagen, morgen ist alles wieder okay», meinte er heiser. «Ich bleib im Kolpinghaus. Machen Sie sich keine Sorgen.»

«Gott möge dich beschützen, mein Sohn», hörte Koslowski noch, ehe er einhängte. Sein Blick klebte an der Rothaarigen, und ihm kam Hesekiel 23 in den Sinn: «Daselbst ließen sie ihre Brüste begreifen und den Busen ihrer Jungfrauschaft betasten.» Er schob sich die Sonnenbrille auf die Nase und war schon fast bei der Latexlady, als sein Lieferwagen mit dem Glatzkopf am Steuer an ihm vorbeischoß. Sekunden später waren drei Dutzend Schmuckkerzen, die Ladung Oblaten, die fünf Kisten Meßwein und die vier Beutel Weihrauch um die nächste Ecke verschwunden.

«He», sagte die Latexlady. «Was guckste?»

«Ich glaub, ich hab ein Problem», sagte Koslowski.

Auf der Straße waren aufgeregte Stimmen zu hören. Ein Hund kläffte, jemand schrie nach der Polizei. Der Russe holte einen Ohrring aus seiner Jacke und ließ ihn vorm Fenster auf den Teppich fallen. Seine Hände steckten in dünnen Latexhandschuhen. Dann hob er den Hörer des Zimmertelefons ab, wählte, lauschte auf das Klicken und legte auf, als die Verbindung hergestellt wurde. Sirenengeheul drang herein. Der Russe zog seine Glock, drückte die Zimmertür auf und warf einen Blick auf den leeren Gang. Er verließ das Zimmer und machte, daß er mit dem Koffer in Richtung des Lastenaufzugs davonkam.

Störtebeckers Referent kam zurück, als Alexandra Feodorowna bereits ihr Nougat-Parfait löffelte. Der Innensenator hatte ihn noch vor dem Hauptgang zum Telefonieren geschickt. Schirinski verfolgte scheinbar gelassen, wie der Referent Störtebecker einen Zettel hinschob, und winkte nach dem Kellner. «Wodka, mein Freund. Eine große Flasche. Ich denke, wir haben ein Geschäft zu feiern.»

Störtebecker räusperte sich. «Der Bürgermeister läßt Ihnen ausrichten …», begann er langsam in Richtung von Schirinskis Dolmetscher.

«Was?» unterbrach ihn der Retter Rußlands auf deutsch. Alexandra Feodorowna legte ihren Dessertlöffel auf den Teller. Der gegrillte Seeteufel auf Lauchgratin rebellierte in Störtebeckers Magen. «Der Bürgermeister», sagte er, «bedauert außerordentlich, Ihr Angebot bezüglich der Gaslieferungen ablehnen zu müssen, Herr Schirinski.»

Während der Dolmetscher übersetzte, zogen sich Schirinskis Augenbrauen zusammen. Der Kellner, der mit dem Wodka kam, wurde von seinem Chef hektisch beiseitegewinkt.

Schirinskis Stimme wurde scharf, er machte keine Pausen mehr für den Dolmetscher. Doch der Mann schien ohnehin zu wissen, was der Ex-General zu sagen hatte: «Für die gesamte Summe hätte die russische Marine in Hamburg Ersatzteile bestellt und Wartungsarbeiten durchführen lassen. Herr Schirinski verfügt über entsprechende Vollmachten der russischen Admiralität. Sie werden noch bedauern, dieses Geschäft nicht gemacht zu haben.»

Als die ersten Streifenwagen in die Straße rasten, zerrte Reka sich die Kapuze des Parkas über den Kopf und verkroch sich mit der Dogge hinter dem Streusandcontainer. «Ruhig, Satan!» Sie drückte den Hund auf den Boden. Uniformierte hasteten vorbei. Reka machte sich ganz klein. Nur nicht von den Polizisten entdeckt werden. Wenn die sie erwischten, brachten sie sie ins Heim zurück und nahmen ihr Satan weg. Reka streichelte der Dogge über die Schnauze und spähte hinaus auf den See.

Ein Polizeiboot dümpelte neben dem Kajak, zwei Männer hievten den leblosen Körper an Bord. Nach den beiden Schüssen hatte sich oben im Hotel jemand am Fenster gezeigt. Sie hatte sofort an die Scharfschützen in Grosny denken müssen, die die Boulevards zu Geisterstraßen gemacht hatten. Ihr Onkel hatte erklärt, daß es eine gerechte Sache war, die Russen aus dem Hinterhalt umzubringen. Reka zog sich die Kapuze wieder übers Gesicht. Sie hatte am Hotelfenster noch einen blonden Mann gesehen. Bestimmt war er der Scharfschütze und würde gleich auf die Polizisten feuern, die jetzt auf dem Platz vor dem Hotel herumhasteten.

«In Deutschland bist du sicher!» hatte ihre Tante ihr am Flughafen noch gesagt, ehe sie sie den Rotkreuzschwestern übergab. Reka fragte sich, ob sie damit wirklich recht gehabt hatte.

Im Keller des Hotels glitten die Türen des Fahrstuhls auseinander. Vladimir huschte aus der Kabine und steuerte die Metalltür am Ende des Ganges an. Dahinter lag die zentrale Heizungsanlage. Die Luft war trocken, in den Rohren rauschte das Wasser. Mit einem Fauchen sprang der große Ölbrenner an.

Der Russe holte aus der Mülltonne neben der Tür einen Blaumann und eine orangenfarbene Straßenkehrerweste. Er streifte sich die Sachen über, packte den Gewehrkoffer in die Tonne und drückte das Metalltor am Ende des Kellers auf.

Er hatte Glück, im Hof des Hotels war niemand zu sehen. Ein Lieferwagen von Hummer-Petersen parkte vor der Laderampe. Vladimir schnappte sich Borstenbesen und Schaufel, schob ein paar feuchte Blätter zusammen und schüttete sie in die Mülltonne. Dann karrte er sie durch die Hofausfahrt zur Promenade hoch. Ein Windstoß trieb Kastanienlaub den Straßengraben entlang. Er fegte noch einen Blätterhaufen zusammen und fuhr dann an den Polizeiwagen vorbei. Ein paar Uniformierte waren in Richtung Gurlittinsel, die anderen zum Hoteleingang abgerückt. Hinter den grünweißen Wagen parkte ein Alfa Romeo.

Der Chauffeur des Alfa sprach hektisch in sein Handy und versuchte, sich zur gleichen Zeit eine Zigarette aus der Schachtel zu fingern. Als der Straßenkehrer an ihm vorbeirollte, klemmte er sich das Stäbchen gerade zwischen die Lippen. Er schnipste mit den Fingern. «He, hast du mal Feuer?»

Vladimir murmelte etwas, das nach «Ich-nix-deutsch»

klang. Der Chauffeur musterte ihn und wollte ihn auf einmal festhalten. «He! Du warst doch auch am Flughafen da …» Weiter kam er nicht, weil der Russe ihm das Messer zwischen die Rippen rammte. Die Hand mit der Zigarettenpackung ruderte haltsuchend durch die Luft, seine Augen wurden glasig, das Handy fiel zu Boden. Bevor er zusammensackte, drückte ihn der Straßenkehrer zwischen die Autos. Ein Knurren ließ ihn herumfahren. Hinter einer Streusandkiste tauchte eine Dogge auf und sprang ihn mit einem mächtigen Satz an. Er konnte das Tier gerade noch abwehren und sich zur Seite rollen. Der Hund kam hinter ihm her, aber da hatte er schon das Messer hochgerissen. Die Klinge bohrte sich tief in den Brustkorb der Dogge. Er schüttelte den Hund ab, zerrte das Messer aus dem Tier und warf es in seine Mülltonne. Er sah sich um. Niemand beachtete ihn, als er die Straße überquerte und durch die Alstertwiete in Richtung Lange Reihe verschwand.

ZWEI

Hamburg 12. November, 18.36 Uhr Ortszeit

Victor Jacobi hörte die Martinshörner, noch ehe er im Rückspiegel die flackernden Blaulichter der Polizeikolonne sah. Der Asphalt glänzte feucht von dem Schauer, der kurz vor Einbruch der Dunkelheit auf die Stadt heruntergeprasselt war. Aus der HiFi-Anlage sehnte sich Eartha Kitt nach «just an old fashioned millionaire». Jacobi steuerte den eierschalenfarbenen Bentley, den er günstig von einer Rechtsanwältin aus dem Ruhrgebiet erworben hatte, auf die rechte Spur. Das blaue Flackern kam rasch näher. Neben ihm blätterte Elisabeth in seinem Manuskript. «Eine beeindruckende Frau. Heiratet zweimal den gleichen Mann, um ihn dann doch zu verlassen.»

Jacobi registrierte die leichte Nervosität, die ihn immer erfaßte, wenn er eine Sirene hörte. Obwohl es jetzt schon fünf Jahre her war, daß sie mit Blaulicht und Martinshorn gekommen waren, um ihn aus dem Keller zu befreien. Der Betonbunker der Kidnapper tauchte vor ihm auf, und sein Atem beschleunigte sich. Jacobi verfluchte sich für die Reaktion, ehe er sich klarmachte, daß sie für immer ein Teil seines Lebens bleiben würde. Genau wie das leise Pochen in seiner linken Hüfte, dort, wo er sich den Peilsender hatte implantieren lassen – für den Fall, daß irgendwann noch einmal ein paar Jungs auf der Jagd nach dem schnellen Geld auf die Idee kommen sollten, ihn in ein Kellerloch zu sperren und Elisabeth mit ihren Lösegeldforderungen in Angst und Schrecken zu versetzen.

Die Polizeikolonne heulte vorbei und übertönte Eartha Kitt. Zwei Streifenwagen, ein Mannschaftswagen und ein Rettungswagen als Schlußlicht. Dahinter zwei Kombis mit

Kameraleuten und Fotografen. Die Meute war unterwegs. Irgendwo mußte etwas Großes passiert sein. Jacobi starrte der Kolonne nach. Warum hatte er in den letzten Radionachrichten nichts gehört?

«Louise Aston, geborene Hoche, verehelichte Meier.» Elisabeth klappte die Mappe mit Jacobis Vortragsmanuskript zu. «Wie bist du auf sie gekommen?»

Was sie wirklich meinte, war, warum er sich auf einmal so sehr für eine Vormärzdichterin interessierte, daß er die letzten drei Wochen auf einer Rundreise durch ein gutes Dutzend Archive zwischen Magdeburg und Wangen im Allgäu verbracht hatte, um ihrem Leben auf die Spur zu kommen.

«Frühe Feministin. Hat hier zwischen 1847 und 1849 mehrfach im Alster-Hotel gewohnt. Wegen einer Duellaffäre mit einem Ingenieur Anderson hat der Senat sie ausgewiesen.» Jacobi sah den Polizeikonvoi über die nächste Kreuzung jagen. «Eine Gefälligkeit für die Kollegin Regula Lewald, die die Vorträge im Literaturhaus organisiert. Sie möchte ihre Sicht der Aston mit meinem Blickwinkel vergleichen.» Als er an der Ampel stoppte, entdeckte er die Uniformierten mit ihren Maschinenpistolen am Straßenrand. Alle steckten in klobigen Schutzwesten und behielten den Verkehr im Auge.

Jacobi schaltete Eartha Kitt ab und drückte den Funkscanner an, den Klinger aus einer seiner obskuren Quellen beschafft hatte. Er sprang sofort auf die abhörsichere Sonderfrequenz der Leitstelle und erwischte gerade noch ein paar Vorrangmeldungen, mit denen Michel Eins seine Mannschaften dirigierte. Der innere Fahndungsring rund um das Hotel ATLANTIC sollte aufgegeben werden. Neue Orders für den zweiten Ring an den Ausfallstraßen gingen heraus. «Gesucht wird bewaffnete männliche Person im Zusammenhang mit Attentat vor Hotel ATLANTIC und Mord an einem Fahrer. Äußerste Vorsicht. Auf Eigensicherung achten.»

Jacobi verpaßte, daß die Ampel inzwischen grün zeigte. Hinter ihm fing ein Hupkonzert an. Er fuhr um die Ecke und stellte den Bentley auf einen Behindertenparkplatz.

«Victor!» sagte Elisabeth, als er nach dem Handy griff und eine Nummer eintippte. «Wir sind mit Regula verabredet. Ihr wolltet doch über eure Vorträge sprechen.»

Jacobi lächelte sie an, während er darauf wartete, daß Luther abnahm. Der Kripokommissar schob regelmäßig Dienst in der Kriminalbereitschaft und stand Jacobi und dem OMEGA-Team zwar kritisch gegenüber, aber immerhin freundlicher als sein Chef Mangold.

«Was ist passiert?» fragte er, als Luther sich endlich meldete. Im Hintergrund gab der Michel-Sprecher eine neue Fahndungsanweisung durch. Mittlerweile bezogen sie die Bahnhöfe und den Flugplatz mit ein.

«Nichts ist passiert», sagte Luther. «Nachrichtensperre.»

«Was war das für ein Attentat am ATLANTIC?»

«Wieder am Funk gelauscht?» Luther sprach leise. «Nicht, daß Sie das was angeht, Jacobi: Jemand hat Engstfeld das Licht ausgeblasen und seinen Fahrer abgestochen.»

Jacobi starrte durch die Windschutzscheibe auf die beiden Uniformierten, die sich dem Bentley näherten. Der hintere sicherte seinen Kollegen mit der Maschinenpistole, der vordere studierte Jacobis Nummernschild und sprach in sein Walkie-Talkie.

«Engstfeld?» Neben ihm sah Elisabeth auf. «Mein Gott.»

Reka hatte noch lange zitternd in der Streusandkiste gehockt und gewartet, daß es draußen ruhig wurde. Ihr Magen knurrte. Sie wischte sich übers Gesicht, weil sie geheult hatte, als sie sah, wie der Straßenkehrer Satan erstochen hatte. Der Hund war ihr vor ein paar Wochen nachgelaufen, als sie sich am Bahnhof mit den Drogensüchtigen und den Strichjungen herumgetrieben hatte. An der Stelle, an der Satan zusammengebrochen war, glänzte ein feuchter Fleck. Sie schluckte heftig. Der Straßenkehrer hatte blonde Haare gehabt; sie war sich sicher, daß er der Mann aus dem Hotel gewesen war.

Reka schüttelte sich den Sand aus den schwarzen Haaren. Eine Möwe beäugte sie mit halbverdrehtem Kopf vom Ufer. Sie warf eine Handvoll Sand nach dem Tier. Die Möwe segelte davon. Zurück zum Bahnhof konnte sie nicht. Wenn der Blonde sie und Satan doch gesehen hatte, würde er nach ihr suchen. Ein Mädchen mit einer Dogge. Jeder zwischen Hauptbahnhof und Hansaplatz würde wissen, wen er meinte.

Reka huschte von Baum zu Baum. Die Fenster des Hotels waren hell erleuchtet. Ein livrierter Portier stand vor dem Eingangsportal, ein Polizeiwagen parkte in der Einfahrt zur Tiefgarage. Spaziergänger schlenderten über die Uferpromenade. Niemand beachtete sie, als sie Richtung Binnenalster davonrannte. Erst an der Lombardsbrücke hielt sie an, weil sie Seitenstiche bekam.

Beck war sich nicht sicher, ob die COOL BAR wirklich einmal bessere Tage gesehen oder ob man sie nicht gleich so heruntergekommen gebaut hatte. An der zerschrammten Theke tranken schwarzgekleidete Künstlertypen mit stoischer Miene Tequila. Die Discokugel unter der Decke schummerte Lichtreflexe an die Plüschbespannung der Wände. Aus den Lautsprechern dröhnte James Browns «Sex Machine». Sex war in dieser ehemaligen Rotlichtbar aber längst nicht mehr zu haben. Gegenüber dem Tresen mit den plüschigen roten Drehsesseln gab es zwei Séparées. Beck erinnerte sich, daß er in der linken Nische mal eine Menge Geld gelassen hatte. Bei einer drallen Blondine namens Moni. Was wohl aus ihr geworden war? Er bedauerte, daß die traditionellen Erotik-Bars auf St. Pauli allesamt in Musikclubs für ein jugendliches Publikum umfunktioniert worden waren.

Beck kippte sein Bier. Früher hatte er jede Frau, die die kleine Bühne betrat, persönlich gekannt. Damals hatten sie allerdings nicht Jeans und Pullover getragen und hatten auch keine halbakustische Jazzgitarre dabei gehabt. Eher mal eine Peitsche oder sonstiges bizarres Spielzeug. Aber die Frau dort kannte er auch. Beck war überrascht. Der DJ blendete James Brown aus und nahm sich sein Mikrofon: «Willkommen, Bienvenue, Welcome …»

Beck fand das Getue etwas übertrieben. Außer ihm waren gerade mal elf Gäste in der Bar, und niemand hatte damit gerechnet, daß es heute abend einen Live-Auftritt geben würde. «Begrüßen Sie mit mir eine gute alte Freundin des Hauses … the one and only …», er machte eine Pause, «Miss Jensen.»

Beck war der einzige, der klatschte, und wurde mit einem Lächeln belohnt. Dachte sie womöglich, er sei wegen ihr hier, nicht aus einem seltsamen Anfall von Nostalgie? Ihre Gitarre war ein verschrammtes Ding, aber Beck vergaß den Anblick sofort, als er die ersten Akkorde hörte. Klang irgendwie gut. Jensen stimmte seelenruhig ihr Instrument und begann dann einen ziemlich coolen Set im Joe-Pass-Stil.

Beck starrte in sein leeres Pilsglas, ließ sich von den sanften Gitarrenklängen einlullen. Wieso mußte er ausgerechnet jetzt an seine Zeit vor OMEGA denken? Er grübelte, wie es seiner Ex jetzt wohl ging und wie es dazu gekommen war, daß sie sich am Ende nur noch über ihre Anwälte hatten unterhalten können. Beim letzten Termin hatte der Scheidungsrichter ihn fast aus dem Saal geschmissen, weil er rumgebrüllt hatte.

Die Gäste applaudierten. Inzwischen waren noch einige dazugekommen. Neben Beck erklärte ein Gymnasiast seiner

Freundin den Unterschied zwischen BeBop und HardBop und urteilte, daß das, was Jensen da spielte, «momentan wieder total angesagt» sei. Sogar die Künstlertypen am Tresen waren auf ihren Hockern herumgeschwenkt und klatschten, als Jensen ihren Set beendete. Jemand rief nach einer Zugabe. Jensen zog das Mikro ein Stück näher, blinzelte ins Publikum. Beck bildete sich ein, daß sie lächelte, als ihr Blick ihn streifte. «Das letzte Stück ist für einen guten Freund. Als Dankeschön, daß er's so lange ausgehalten hat ...» Es war eine Country-Swing-Nummer. Beck erinnerte sich, wie sie sich mal über seine Vorliebe für Country Music lustig gemacht hatte. Sollte das jetzt eine Entschuldigung sein? Er wippte mit dem Fuß.

Engstfeld war nicht der erste Tote, den Jacobi sah. Die wächserne Gesichtshaut, die eingefallenen Wangen, der sauber ausrasierte Bart. Hinter ihm machte sich der Chefpathologe des Gerichtsmedizinischen Instituts für die Obduktion bereit. Die Pathologiehelfer streiften sich ihre Latexhandschuhe über und sortierten die Skalpelle, Haken und Scheren neben der Edelstahlliege, auf der Engstfeld ruhte.

Seine Augen waren geschlossen. Jacobi widerstand dem Impuls, Engstfelds Lider hochzuschieben. Welche Augenfarbe hatte er eigentlich gehabt? Er fand es beschämend, daß er sich nicht daran erinnern konnte. Sie hatten fast fünf Jahre zusammen auf dem Internat in Salem verbracht, drei davon in derselben Klasse, nachdem Engstfeld mit zwei Fünfen in Deutsch und Latein sitzengeblieben war.

Jacobi trat zurück. Der Pathologe zog das Spiralkabel mit dem Mikrofon von der Decke herunter. «Laufende Nummer 98, männlich, Alter zirka 50 bis 55 Jahre, Gewicht zirka 80 Kilo, guter allgemeiner Zustand. Der Tod trat vor zirka acht Stunden, laut Polizeibericht zwischen 12 und 12 Uhr 15 ein.

Vermutliche Todesursache ist ...» Der Pathologe richtete die Lampen auf Engstfelds Brust: «... eine Schußwunde in der Brust, linksseitig, zwischen viertem und fünftem Rippenbogen, sowie eine zweite Schußwunde auf gleicher Brustseite in gleicher Ausprägung, zwischen der dritten und vierten Rippe.» Der Assistent reichte ihm ein Skalpell. «Ich beginne die Obduktion mit einem Y-Schnitt ...»

Hinter Jacobi ging die Tür auf. «Ich möchte Sie bitten, den Raum zu verlassen», raunzte Hauptkommissar Mangold. «Dies ist keine öffentliche Veranstaltung, Herr Jacobi.»

Jacobi schob sich wortlos an dem massigen Kripobeamten vorbei aus dem Obduktionsraum. Draußen reihten sich die Rollbahren mit den vier Todesfällen, die wegen der vorgezogenen Obduktionen von Engstfeld und seinem Fahrer warten mußten. Es roch nach medizinischem Alkohol, Putzmittel und einem Hauch Zitrone.

Engstfelds Frau lief im Vorraum vor der Sekretärin auf und ab. Elisabeth war bei ihr. Victor Jacobi war ihr dankbar, daß sie sich um Marianne Engstfeld kümmerte. Sie war eine schmale, sehr hanseatische Blondine, arbeitete genau wie Jacobi im Kreis der Freunde und Förderer des Literaturhauses und war auch bei der «Hamburger Tafel» engagiert. Zwei Kripobeamte hatten sie vor einer halben Stunde hergebracht, um ihren Mann und den Chauffeur, der keine Angehörigen besaß, zu identifizieren. Sie hatte noch zu sehr unter Schock gestanden, um sich darüber zu wundern, daß Jacobi und Elisabeth schon da waren. Die Tür flog auf, und ein Bursche in Designertrenchcoat steuerte auf Marianne Engstfeld zu. «Ich habe es gerade erfahren ... Wenn ich etwas für Sie tun kann ... Sie können auf mich zählen!»

Engstfelds Witwe nickte nur. Elisabeth Jacobi nahm Marianne in den Arm. Jacobi musterte den Trenchcoat. Dem Gesicht nach Ende Zwanzig und der Preisklasse seiner Kleidung nach mit Sicherheit leitender Angestellter. «Müller!» Der Trench streckte Jacobi die Hand entgegen. «Friedrich Carl Müller. Persönlicher Referent von Herrn Engstfeld.»

Jacobi erwartete, gleich eine Visitenkarte in die Hand gedrückt zu bekommen. Doch Müllers Blick zuckte unsicher zwischen ihm und Marianne Engstfeld hin und her. «Das ist eine Katastrophe. Ich meine, gerade jetzt, wo Herr Engstfeld eine weitreichende Entscheidung getroffen hatte. Man sagt … ich meine … er soll ermordet worden sein?»

«Ein Attentat», sagte Jacobi.

Müller zuckte zusammen. «Mein Gott!»

Engstfelds Witwe starrte mit verweinten Augen auf Victor. «Er hat doch niemandem etwas getan …», flüsterte sie. «Er … wer … ich verstehe das alles nicht.»

Jacobi legte ihr die Hand auf die Schulter. «Ich werde mich darum kümmern», sagte er. Und dann fiel es ihm wieder ein, als sie ihn ansah. Blau. Engstfeld hatte blaue Augen gehabt.

Koslowski drückte sich in die Imbißbude gegenüber der Davidswache und verlangte von dem Türken hinter dem Tresen einen Döner komplett. Es roch durchdringend nach Kreuzkümmel und frischem Knoblauch. Während der Schnauzbart mit dem Elektromesser die Fleischfetzen vom Spieß säbelte, verfolgte Koslowski das Treiben draußen auf der Straße. Vor dem Revier parkten ein paar Grünweiße. Ein junger Kerl taumelte aus der Wache und hielt sich den Kopf, der unter einem ungeschickt angelegten Verband fast verschwand. Ein paar Meter weiter ließ eine kesse Brünette gelangweilt jeden, der sich dafür interessierte, einen Blick unter ihr Lackmäntelchen werfen. Eine Reisebus blockierte die Zufahrt zum Musical «Cats 2 – Die Fortsetzung».

Der Türke schob ihm seinen Döner über die Glastheke.

«Vier Euro.» Koslowski zerrte einen der beiden Hunderter heraus, die er eigentlich bei der Latexlady hatte investieren wollen. Der Türke schüttelte den Kopf. «Kann ich nicht wechseln.»

«Ist schon in Ordnung!» sagte Koslowski.

Der Türke sah ihn an. «Du willst doch was?»

Koslowski biß in den Döner. Die Knoblauchsauce lief ihm aus den Mundwinkeln. Er tupfte sich die Lippen ab. «Du kriegst doch hier sicher was mit, so nah bei der Polizei.»

Der Türke fing an, seine Theke abzuwischen, und verstand immer weniger Deutsch, je länger ihm Koslowski erklärte, was er wollte. «Weiß ich nix!» erklärte er schließlich. «Hau ab. Döner is geschenkt.»

Seufzend packte Koslowski den zweiten Hunderter auf die Theke. «Im Namen Allahs.»

«Ich bin Buddhist», sagte der Türke und ließ die Scheine verschwinden. «Sicher kriegt man hier ne Menge mit. Um was für eine Karre geht's denn?»

«Um einen Lieferwagen», sagte Koslowski. «Und eine Glatze!»

«Von mir aus kann er mit Ihnen tausend Mal ...» Mangold hielt den Telefonhörer ein paar Zentimeter von seinem Ohr weg und sah Victor Jacobi giftig an. Sein feistes Gesicht glühte, und das lag nicht nur an seinem Bluthochdruck. Jacobi hörte Störtebecker etwas von einer Anordnung bellen, der sich Mangold gefälligst zu fügen habe. Er drehte sich zum Fenster, damit der SOKO-Leiter sein zufriedenes Grinsen nicht sah. Mangold warf den Hörer auf die Telefonanlage. Kommissar Luther, vom Dauerdienst abgezogen und als Aktenführer der SOKO eingeteilt, kam mit den ersten Ermittlungsberichten herein.

Im Großraumbüro des Präsidiums herrschte Hektik. Auf dem Aktenschrank verköchelte ein Rest Kaffee in einer verdreckten Maschine. Es stank nach Männerschweiß und billigem Rasierwasser. Draußen, vor dem verglasten Büro, das Mangold als Leiter der Sonderkommission zustand, verfluchten hektische Kripobeamte den Alarmplan, der sie aus der Freizeit gerissen hatte.

Mangold schnaufte. «Bilden Sie sich bloß nicht zuviel darauf ein, daß Sie mit dem Innensenator Golf spielen!» Unter seinen Achseln zeichnete der Schweiß Salzränder in sein Hemd.

«Nur ein paar kleine Auskünfte.» Jacobi hob die Hände. «Nichts, was nicht sowieso demnächst in der Zeitung steht. Und vielleicht kann ich Sie ja sogar bei Ihren Ermittlungen unterstützen.»

«Ihre Art von Unterstützung kenne ich!» Der Kommissar wühlte sich durch einen Packen Faxe, ohne zu finden, was er suchte. «Was glauben Sie eigentlich, für was ich hier bezahlt werde?» Jacobi schwieg, weil er sich das auch seit längerem schon fragte. «Erst treten die Herren vom BKA hier auf, als seien wir ihre Kulis, dann die Schlapphüte vom Staatsschutz, und jetzt muß ich mich auch noch mit Ihnen herumschlagen.» Mangold knallte die Faxe auf den Schreibtisch.

«Die Herren von der Botschaft warten», bemerkte Luther. «Schon seit fünf Minuten.»

Mangolds Gesicht rötete sich noch mehr. Er stürmte aus dem Büro. Die Glastür schepperte hinter ihm. «Welche Herren von welcher Botschaft?» erkundigte sich Jacobi.

«Amerikaner.» Luther stellte die Kaffeemaschine ab. «Angeblich der amerikanische Kulturattaché und sein Mitarbeiter. Aber wenn Sie mich fragen ...»

Jacobi klappte die Akte auf, die der Kommissar auf den Schreibtisch gelegt hatte. Weil Luther nichts sagte, war Jacobi klar, daß er offiziell auch nichts sah. Engstfelds Obduktionsbefund, die Meldung der Polizeistreife, die als erste am Alsterufer eingetroffen war, und der erste Bericht des Erkennungsdienstes vor Ort. Telefonische Zimmerreservierung der Suite, aus der geschossen worden war, für eine Nacht auf den Namen «P. Schmidt». Barzahlung bei Ankunft. Die angegebene Heimatadresse in Gelsenkirchen war schon als falsch ermittelt worden.

Jacobi überflog den Spurenbericht des ED. Polaroids aus dem Hotelzimmer, darunter die Aufnahme eines Bernsteinohrrings. Jacobi betrachtete das Schmuckstück; in dem gelben Tropfen war deutlich sichtbar ein Insekt eingeschlossen. Auf dem Verschluß waren zwei kyrillische Buchstaben eingraviert: A. F. Keine Fingerabdrücke.

«Sie sollten sich das mal ansehen.» Luther zupfte den ersten Bericht der Ballistiker hervor. «Engstfeld ist mit einem Gewehr Typ Mannlicher erschossen worden. Kugeln aus amerikanischer Herstellung. Wir hatten das Schußprofil zum Abgleich ans FBI gegeben. Und prompt haben wir den Kulturattaché am Bein.»

«Waffen sind eben ein Teil der amerikanischen Kultur», sagte Jacobi. Luther grinste. Jacobi entdeckte einen winzigen Straßstecker in seiner Ohrmuschel.

Das Attentat auf Engstfeld trug alle Zeichen eines Auftragsmordes. Trotzdem fiel ihm kein Grund dafür ein, warum sich der CIA damit befassen sollte. Engstfelds Fahrer vor dem Hotel war mit einer stilettähnlichen Klinge direkt ins Herz gestochen worden. Ob die tote Dogge daneben etwas mit ihm zu tun gehabt hatte oder irgendein streunender Köter gewesen war, stand noch nicht fest. Auf jeden Fall trug das Tier keine Steuermarke. Sowohl bei dem Mann als auch bei dem Hund hatte der Killer nur einen einzigen Stich gebraucht. Profiarbeit. Jacobi seufzte und betrachtete die Farbkopie der Geldscheine, mit denen «P. Schmidt» beim Einchecken bezahlt hatte. Erst beim zweiten Hinsehen fielen ihm die fortlaufenden Nummern auf. «Waren die echt?»

«Die vom Falschgelddezernat sagen ja.»

Jacobi notierte sich die Seriennummern. In was war Engstfeld da nur hineingeraten? Das letzte Blatt im Stapel war ein Auszug aus der Telefonliste des ATLANTIC. Vom Apparat im Zimmer des Toten hatte es nur ein Gespräch gegeben. Auslandsvorwahl. Gesprächsdauer: eine Einheit. Wer auch immer da wen angerufen hatte – man hatte sich nicht viel zu sagen gehabt.

In der COOL BAR hatte James Brown wieder die muskalische Herrschaft übernommen. Beck stand auf, als Jensen mit der Gitarre in der Hand zu ihm an den Tresen trat. Sie lächelte ihn an. «War ich gut?»

Beck wollte ihr den Hocker freimachen, aber sie zog ihn in ein Séparée. «Da ist es nicht so laut.»

Sie deponierte die Gitarre auf der Plüschbank. Beck zwinkerte: «Vor allem das letzte Stück hat mir gut gefallen.»

«Freut mich.»

«Du spielst ja richtig gut.» Er zeigte auf die Gitarre. «Ich habe immer gedacht, du würdest dir auf dem Ding da nur die Zeit vertreiben.»

«Das DING», sagte sie, «ist als Zeitvertreib viel zu gut. Das ‹Ding› hier ist eine Spezialanfertigung. Darauf hat schon Django Reinhardt gespielt.»

«Django, hm? Freund von dir?»

«Witzbold.» Sie warf einen melancholischen Blick auf die Gitarre.

«Woher hast du …»

«Ich übe jeden Tag.»

«Ich meine, woher hast du die Gitarre?»

Jensen strich sich eine schwarze Strähne aus der Stirn. «Von meinem Vater.»

Beck begriff, daß er ein Idiot war, ihr die Frage zu stellen. Ihre Eltern waren bei einem Attentat ums Leben gekommen, das auch Jensen selbst beinahe das Leben gekostet hätte. Irgendeine versprengte Rote Zelle hatte Jensens Vater als Staatssekretär im Innenministerium für ein geeignetes Ziel für ihre Autobombe gehalten, die ihnen dann unter den Händen explodiert war und sie gleich mit in die maoistischen Jagdgründe gerissen hatte. Jensen strich über die Gitarre. Ihr Blick war düster.

«Tut mir leid», sagte Beck.

Jensen brachte ein Lächeln zustande. «Muß es nicht.»

Becks Cityruf meldete sich. Er zog den Empfänger heraus. Im gleichen Moment piepte es auch bei Jensen.

«OMEGA?» fragte Beck nach einem Blick auf das Display.

Jensen stellte ihr Gerät ab. «Ja. OMEGA.»

Klinger war aufgeregt. Immerhin war es das erste Mal, daß er mit ihr alleine war. Er hatte die Vorhänge zugezogen, das Licht heruntergedimmt und ein paar Flaschen magnesiumreiches Mineralwasser aus einer Quellabfüllung kaltgestellt. Jetzt genehmigte er sich ein Glas, genoß das Prickeln der Kohlensäureperlen und ließ sich in den Ledersessel gleiten. Er angelte nach der Fernbedienung für den CD-Player. Richard Clayderman oder Mantovani? Nein, lieber nichts Schmusiges gleich zu Anfang. Herb Alpert and the Tijuana Brass. «The Girl from Ipanima» kam in perfekter Qualität aus den optimal positionierten Quadroboxen. Klinger lächelte sie an, genoß das Kribbeln. «Ganz ruhig», flüsterte er. «Ich verspreche dir, ich tu dir nicht weh ...»

Dann schaltete er sie ein. Es war der Prototyp einer High-End-Maschine, die erst in einem Jahr auf den Markt kommen würde. Ein ultradünnes Subnotebook, mit brillantem Farb-LCD und dem neuen BLUE CHIP, mit einer nigelnagelneuen Bustechnik und neuentwickelten Low Level Caches. Und er gehörte zu den ersten, die die MADONNA testen durften. So sollte der Rechner später in der Consumer-Version heißen, wenn man sich erst mit der echten Madonna über die Prozente geeinigt hatte, die sie für ihren Namen verlangte. Außer dieser Geschichte hatte Klinger noch einen Haufen anderer Stories von dem langhaarigen Typ gehört, der ihm den Rechner aus den Staaten mitgebracht hatte. Der Junge kam aus dem Ruhrgebiet und hatte schon vor seinem Abitur seine erste halbe Million mit ein paar selbstgeschriebenen Computerprogrammen gemacht. Vor zwei Jahren war er in die Staaten gegangen und kam seitdem nur noch herüber, um seinen Vorrat an Schwarzbrot und Holsteiner Schinken aufzufrischen. Klinger kannte ihn vom gemeinsamen Linuxbasteln im Netz.

Seine Finger glitten über die Tasten. Die Linux-Kernels surrten von der CD, der Desktop flammte auf. Klinger schluckte. Mein Gott, wie schön sie war ... Und sie gehörte ihm. Wenigstens bis Anfang nächster Woche, denn dann wollte der Langhaarige sie wiederhaben, mitsamt einem Testbericht.

Klinger nahm einen Schluck Wasser und suchte auf der Fernbedienung für den CD-Wechsler den Walkürenritt. Zu Wagner installierte er das Notwendigste, was man für einen Internetzugang brauchte, und loggte sich ein. Wagners Walküren setzten zum Galopp an. «E-m@il for you», blinkte es.

DREI

Hamburg 13. November, 7.52 Uhr Ortszeit

Beck gähnte. Draußen auf der Elbe schoben sich die Containerschiffe aneinander vorbei. Hinter den Lagerhallen des Freihafens warteten Trucks schon mit qualmenden Auspuffrohren im Licht der Scheinwerfertürme. Zwischen den Stapeln war ein Containerheber unterwegs. Am Horizont kündigte ein rötlicher Schimmer den Sonnenaufgang an. Die Möwen auf den Kränen begrüßten den Tag mit höhnischem Gelächter. Beck drehte die Heizung am Fenster des OMEGA-Hauptquartiers in dem unscheinbaren Betongebäude am Rand des Freihafens hoch und setzte sich auf die Fensterbank.

Jacobi heftete die Einsatzdaten und das unscharfe Schwarzweißfoto eines kinnbärtigen Kerls mit Magneten an die Tafel. «Georg Engstfeld. Privatbankier, Direktor des Bankhauses Engstfeld & Engstfeld, 55 Jahre, verheiratet, keine Kinder.» Daneben das Bild eines Mannes in Becks Alter. «Hubert Knorr, 34, Chauffeur. Ledig. Geboren in Castrop-Rauxel, Zeitsoldat, seit drei Jahren bei Engstfeld.»

Beck schob den Gedanken beiseite, daß Jacobi sein Leben vielleicht auch auf eine solche Kurzformel bringen würde, wenn einmal etwas schiefging.

«Okay, Engstfeld ist tot.» Klinger blinzelte. «Warum soll nicht auch mal ein Privatbankier ermordet werden?»

Jensen sah von den Notizen auf, die Jacobi verteilt hatte. Beck starrte aus dem Fenster. Die Containerlastzüge rollten zur Abfertigung ins Terminal. Die Spannung, die Beck erfaßt hatte, als er mit Jensen in ihrem Spider hergekommen war, verstärkte sich. Er war nicht wie Klinger, dem Jacobi immer erst haarklein erklären mußte, warum sich das OMEGA-

Team mit einer Sache beschäftigte. Die Fragen nach dem Warum hatte er sich seit seinen Tagen bei der GSG 9 abgewöhnt. Irgendeinen Grund gab es immer, und sich danach zu erkundigen, hielt einen nur auf.

«Engstfeld hat seinerzeit kurzfristig das Lösegeld für mich bereitgestellt», sagte Jacobi. «Sie werden es nicht glauben, aber es gab sonst niemanden in Hamburg, der bereit gewesen wäre, Elisabeth die Millionen in bar auszuhändigen.»

Klinger verzog die Mundwinkel. «Ein Attentat, offensichtlich Profiarbeit. Das deutet auf geschäftliche Konkurrenten hin. Oder politische Verwicklungen.»

Beck löste sich von der Heizung am Fenster.

«Geldwäsche», spekulierte Jensen. «Sind Kontakte zur organisierten Kriminalität bekannt?»

Jacobi schüttelte den Kopf. «Das halte ich für unwahrscheinlich.» Er rieb sich über seinen Dreitagebart, der auf dem besten Weg zu einem Viertagebart war. «Ich habe eben noch einmal mit dem Innensenator telefoniert. Die Sonderkommission tritt auf der Stelle.»

«Mangold?» fragte Jensen.

Jacobi nickte. Jensen seufzte. Jacobi schob sich seine Halbglasbrille auf die Nase. «Kümmern wir uns zuerst einmal darum, was Engstfeld in den letzten Tagen getan hat. Möglicherweise kann uns seine Frau weiterhelfen. Was das Geschäftliche angeht, so ist wohl sein persönlicher Referent unser Mann. Friedrich Carl Müller.»

«Okay.» Jensen unterstrich sich den Namen.

«Störtebecker ist dankbar für jede Hilfe, die er bekommen kann», fuhr Jacobi fort. «Besonders weil die Amerikaner inzwischen nicht nur ihren Kulturattaché geschickt haben. In drei Stunden fliegt ein FBI-Team ein, das die Ermittlungen beobachtend unterstützen soll.»

«In aller Freundschaft», sagte Beck, «aber die Amerikaner

sind richtige Drecksäcke. Stecken überall ihre Nase rein, kommandieren dich rum und saufen literweise Pulverkaffee aus Pappbechern. Als wir sie damals wegen den Attentatsdrohungen auf ihren Botschafter am Hals hatten, sind die uns gehörig auf den Zeiger gegangen.»

Jensen trommelte nachdenklich mit den Fingerspitzen auf ihren Gitarrenkasten. «Die Frage ist doch, warum die Amerikaner überhaupt ihren CIA-Residenten – pardon: Kulturattaché – und ein FBI-Team wegen eines deutschen Privatbankiers in Marsch setzen.»

«Exakt das habe ich auch gefragt», sagte Jacobi. «Das ist alles ins Rollen gekommen, nachdem Mangold das Schußprofil der Kugel, mit der Engstfeld umgebracht worden ist, in die Staaten übermittelt hat. Ich habe mir erlaubt, ein paar alte Freunde anzurufen, die in den Staaten ... nun ja ... an herausgehobener Stelle im Sicherheitsbereich arbeiten.»

«Eine Datenbankrecherche hätte es sicher auch getan», meinte Klinger.

Jacobi überging es. «Es war in der Tat das Schußprofil der Kugel, das unsere Freunde in der Neuen Welt aufmerksam gemacht hat», sagte er. «Eine Kugel Kaliber 7.65, aus einem Mannlicher-Karabiner.»

Jensen hob den Blick. «Das kommt mir doch bekannt vor.»

«Kennedy», sagte Beck automatisch. «Dallas.»

«Genau.» Jacobi machte eine unbestimmte Geste. «Deswegen sind die Amerikaner hier: Engstfeld wurde mit der Waffe ermordet, mit der Oswald damals aus dem Texas Schoolbook Depository auf den Präsidenten geschossen hat.»

Vladimir Iljitsch Maximow hörte den General schon brüllen, als er aus dem Hotellift kam. Der Blonde atmete tief durch und steuerte Suite 22 an. Gregorij und Alexejew schoben

Wache, Vladimir hatte sie selbst eingeteilt. Die Bodyguards schossen von ihren Stühlen hoch. «Keine besonderen Vorkommnisse, Kommandant!»

Vladimir nickte. Hinter der Tür kreischte Mick Jagger «Start me up!» Jeder wußte, daß der General an den Stones einen Narren gefressen hatte. Dann klirrte drinnen etwas an die Wand, Porzellan zerbarst. Er tippte auf das Frühstücksgedeck. «Wo ist Objekt zwei?»

«Shopping», erklärte Gregorij. Es klang wie «Skopping». Vladimir hatte den Jungs vom Begleitkommando des Generals vor einiger Zeit einen Crashkurs Englisch verordnet. Inzwischen konnten sie sich im Ausland ohne Probleme ihre «Bick Mäx» samt «Chokakola» bestellen.

Vladimir atmete tief durch, ehe er dem Retter Rußlands unter die Augen trat. Schirinski lag noch im Bett, das Haar hing ihm ins Gesicht, und auf der Brust prangte die handlange Narbe von der Notoperation, bei der sie ihm im Militärlazarett in Grosny die beiden Rebellenkugeln entfernt hatten. Er schaltete mit der Fernbedienung an dem CD-Spieler herum, bis er «Street fighting man» fand. An der Wand neben der Tür klebten die Erdbeerkonfitüre und die schottische Hochlandbutter des Continental breakfast, das der General für unwürdig befunden hatte. Eine halbbekleidete Schwarzhaarige kam aus dem Bad, raffte ihre Zimmermädchenuniform zusammen und drückte sich an Vladimir vorbei.

«General!?» Vladimir klackte mit den Hacken.

«Wir reisen ab!» Schirinski schoß aus dem Bett und drehte den Stones den Ton ab. «Mit den Deutschen bin ich fertig. Kein Funken Mut in den Knochen. Päderasten. Verweichlichte Bourgeois. Ekelhafte Dekadenz.» Schirinski stieg in seine Unterhose. «Was ist mit dem Bankier?»

«Erledigt», sagte Vladimir.

Schirinski nickte nur. Er war gewohnt, nur Erfolgsmeldungen zu hören. Darin glich er Oberst Krolow, Referatsleiter Auslandseinsätze im dritten Direktorat des KGB. Für Krolow war Vladimir damals, als der Mann mit dem Blutschwamm nach Berlin gefahren war, mit einem Spezialkommando hinterhergereist, um die Unterlagen der Hauptverwaltung 20 aus der Normannenstraße heimzuführen. Krolow hatte geahnt, daß die Deutschen von der Fahne gehen würden. Nicht geahnt hatte er, daß Rußland ein paar Jahre später von einem Säufer regiert werden würde, der den KGB aufzulösen begann. Vladimir hatte den Oberst mit einer Kugel aus seiner Dienstwaffe im Kopf in seinem Büro gefunden. Unter dem Toten lagen die Entlassungsurkunden für Vladimir und seine Männer und eine Notiz, daß sie sich bei einem gewissen Fjodor Jewgeniwitsch Schirinski in der Moskauer Zentrale der GAZPROM melden sollten.

«Das Gewehr?» Schirinski schlüpfte in ein Seidenhemd und fummelte mit seinen dicken Bauernfingern an den Perlmuttknöpfen herum.

«In Sicherheit», meldete Vladimir. «Ich kümmere mich um ein Flugzeug. Sie werden am Nachmittag starten können.»

«Es gibt noch ein Problem.» Schirinski fummelte ein Fax aus dem Aktenstapel neben dem Bett.

«Der Referent?» fragte Vladimir nach einem Blick auf den Absender.

Schirinski knurrte. «Ruft dauernd an. Bildet sich ein, daß er etwas weiß. Sucht eine neue Aufgabe.»

Vladimir versprach, daß er sich um das Problem kümmern würde, und Schirinski klingelte nach einem neuen Zimmermädchen. Vladimir war entlassen. In der Bürosuite hockte der Funker vom Dienst übernächtigt an seinem Gerät. Eine Sekretärin und die Gesellschaftsdame von Schirinskis Tochter spielten am hoteleigenen Computer Schach. Vladimir klatschte in die Hände. «Abreise. Sofort!»

Die Sekretärin fuhr hoch. «Kein Vertrag?»

«Njet!»

«Aber ich hab doch schon alles übersetzt und getippt. Gaslieferung für die Freie und Hansestadt Hamburg bis zum Jahr 2020 gegen 7,5 Millionen Euro, zu kreditieren bei 5 Prozent Zinsen mit einer automatischen Zinsanpassung entsprechend der …»

«Kein Vertrag!»

Als Vladimir fünf Minuten später aus dem Hotel trat, wußte er, daß dort oben jetzt die Telefon- und Faxleitungen glühten. Entweder sie bekamen genug Plätze für die ganze Mannschaft in einem Linienflug nach Moskau, oder sie würden eine Maschine chartern. Vladimir winkte nach einem Taxi und sagte dem Fahrer, daß er zur Shopping-Mall am Millerntor wollte.

Der Hamburger Morgenverkehr kam ihm in seiner trägen Ordnung wie eine Computersimulation vor. Kein Vergleich zu den Zuständen in Moskau, wo jeder glaubte, fahren zu können, wohin er wollte – und vor allem mit jedem Gefährt, das mehr als ein Rad besaß. In der Luft war nur ein Hauch von Benzin. Im Taxi roch es nach Leder und einem Frauenparfüm. Vladimir schnüffelte, sah sich den Fahrer genauer an, entdeckte einen goldenen Ohrring mit einem türkisfarbenen Plastikanhänger und ein paar blonde Strähnen unter der Schiebermütze. Der Fahrer bemerkte seinen Blick im Rückspiegel und drehte sich kurz um. Vladimir machte zwei stattliche Wölbungen unter der Jacke aus. Dekadenz hatte auch ihre angenehmen Seiten. Im Taxifunk gingen die Bestellrufe durch. Der Wagen rollte gerade vor den Eingang der Shopping-Mall am Millerntor, als Vladimir aufmerksam wurde.

«Eine Bitte der Polizei», plärrte die Stimme aus der Taxizentrale. «Gesucht werden als Zeugen die Kollegen, die gestern mittag vor dem ATLANTIC gestanden haben oder

Fahrten von oder zum Hotel hatten. Gesucht werden sachdienliche Hinweise auf eine Person, wahrscheinlich männlich, die mit den Morden vor dem Hotel im Zusammenhang steht.»

«He, Towaritschtsch!» Die Taxifahrerin rieb zwei Finger aneinander. «Zehn Euro achtzig.»

«Außerdem gesucht wird ein etwa vierzehn oder fünfzehn Jahre altes Mädchen, zirka 1,50 Meter groß, schwarze Haare, verwahrloster Eindruck. Die Kleine könnte eine wichtige Zeugin sein.»

Vladimirs Nackenhaare stellten sich auf. Er hatte kein Mädchen gesehen. Aber dann fiel ihm der Hund ein, der hinter der Streusandkiste hervorgeschossen war. Er drückte der Fahrerin einen blauen Zwanziger in die Hand und kletterte aus dem Taxi. Auf dem Weg durch die Marmorpassagen der Shopping-Mall ging er noch einmal alle Positionen des Einsatzes durch. Seine Tarnung war perfekt gewesen – dunkle Perücke und mit Creme gebräuntes Gesicht beim Einchekken. Später keine Zeugen. Nur draußen dieser dämliche Chauffeur und dann der Köter.

Kalkuliertes Risiko, versuchte er sich einzureden. In einer Großstadt sieht dich immer irgendwer. Aber in einer Großstadt war man auch nicht leicht zu finden. Und das Risiko würde ohnehin morgen gegen Null gehen, wenn er das letzte Problem des Generals gelöst hatte und im Flugzeug saß.

Er sah sich in den Nobelboutiquen um. Entweder Cerutti, hatte Alexandra gesagt, oder Aigner. Oder irgendwo in der Nähe. Sie war weder bei Cerutti noch bei Aigner, sondern er machte sie schließlich in einem billigen Stehcafé bei einer künstlichen Grünanlage aus. Dafür, daß sie gerade erst mit dem «Skopping» angefangen hatte, türmte sich schon ein beachtlicher Berg Nobeltüten zu ihren Füßen. Er trat von hinten an sie heran und legte ihr die Hand vor die Augen.

Sie rührte sich nicht. «Vlad?»

Er faßte sie an den Schultern, drehte sie herum, und sie preßte sich an ihn. Ihre Brüste drückten sich durch sein Jakkett, und er mußte sofort an die Taxifahrerin denken. Alexandra schob die Hüfte vor. Er reagierte sofort, und als sie es merkte, lachte sie. «Du kriegst wohl nie genug?»

«Nie», sagte er.

«Wir könnten es bei Aigner in der Umkleidekabine machen», flüsterte sie ihm ins Ohr. «Groß genug.» Sie griff nach ihm. «Das auch.»

Reka hockte auf der Mauer der Grünanlage unter dem Glasdach der Shopping-Mall und beobachtete den Alten jetzt schon eine ganze Weile. Der Kerl steckte in einem speckigen Anzug, schleppte zwei pralle Plastiktüten mit sich herum und drückte sich von einem Tisch des Stehcafés zum anderen, riß sich die halbgegessenen Brötchen unter den Nagel und trank die Kaffeereste. Reka duckte sich hinter eine Schlingpflanze. Die Uhr über den Wasserspielen zeigte Viertel nach zehn. Beschwingte Geigenklänge rieselten aus den Lautsprechern. Sie linste hinauf zur Videokamera an der Säule. Wenn sie sich zu lange in ihrem Blickfeld aufhielt, tauchte der schwarzuniformierte Sicherheitsdienst auf und spielte Treibjagd. Vor drei Monaten, als sie zum ersten Mal hier untergekrochen war, hatten die Männer sie erwischt. Sie hatte beiden unten im Keller einen blasen müssen, ehe sie sie aus dem Gebäude schmissen.

Aus dem Stehcafé wehte Kaffeegeruch herüber, die Musik wurde etwas lauter. Eine Oma tappste mit einem Gebäckstück in der Hand herüber und setzte sich seufzend auf die Holzbank bei den Blumen. Reka rutschte zu ihr, damit es so aussah, als würden sie zusammengehören.

Als Reka wieder zu dem Alten hinüberschaute, blieb ihr beinahe das Herz stehen. Da stand der Blonde aus dem Hotel mit einer Frau. Sie verstand nicht, wie er es geschafft hatte, sie hier aufzustöbern. Ihr Gesicht fühlte sich auf einmal kalt an. Sie mußte an Satan denken, und wie der Blonde ihn umgebracht hatte. Der Blonde flüsterte mit der Frau, die beiden kicherten und steckten die Köpfe zusammen. Reka begriff, daß er sie überhaupt noch nicht gesehen hatte. Sie rutschte von der Bank, kroch unter einen künstlichen Busch und bog die Plastikzweige auseinander. Der Blonde drehte ihr den Rükken zu. Sie wollte schon aufatmen, als sie die beiden Wachmänner heranschlendern sah. Sofort bekam sie einen schlechten Geschmack im Mund. Im nächsten Moment hatten sie sie auch schon entdeckt. «He, du da …»

Sie krabbelte nach hinten, umrundete auf allen vieren das Wasserbecken und glitt auf die Rolltreppe ins Kellergeschoß. Hier unten war die Musik leiser, es gab keine Geschäfte, sondern nur Büros und Lagerräume. Sie hörte die Wachmänner die Rolltreppe herunterpoltern.

Reka hetzte zu der Stahltür, die zum Ladedeck der Tiefgarage führte. Sie schloß mit dem Vierkant, den sie mal im Aufenthaltsraum der Putzfrauen geklaut hatte, auf und drückte sich an den Metallgitterverschlägen entlang. Ihr Versteck war ein Abteil am Ende der Reihe, das nicht verschlossen gewesen war, als sie die Shopping-Mall vor ein paar Wochen zu ihrem Zufluchtsort auserkoren hatte. Hinter Bergen von leeren Kartons hatte sie ihr Lager eingerichtet, mit den geklauten Dekken aus dem Bettenshop, dem Teddy aus dem Spielzeugladen und den Konserven, die sie aus dem Supermarkt hatte mitgehen lassen.

Sie packte alles, was sie tragen konnte, in ihren Rucksack aus dem Kinderparadies und spähte nach draußen. Ein Lieferwagen rollte übers Ladedeck zum Ausgang. Hinterm Steuer hockte ein massiger Glatzkopf, und auf den Türen des Wagen entzifferte Reka «Koslowski – Grabmale und Friedhofsschmuck – Bad Segeberg».

Der Lieferwagen stoppte vor der Ausfahrt, und der Glatzkopf langte aus dem Fenster, um den roten Knopf für das Rollgitter zu drücken. Reka spurtete über das Deck. Draußen an der Ausfahrt gab es noch einen Pförtner in einem Glaskasten, an dem man nicht so ohne weiteres vorbeikam. Sie erwischte den Lieferwagen gerade noch beim Anfahren, umklammerte die Ladeklappe, zog sich hoch und kroch unter die Plane auf der Ladefläche. Es roch komisch. Irgendwie nach Weihnachten.

Elisabeth Jacobi war sich bewußt, daß ihr Mann mit seinen Gedanken woanders war, als er sie anlächelte. Er schien weder die Sonne wahrzunehmen, die durch die breiten Fenster ins Eßzimmer fiel, noch sich darum zu kümmern, welches Gelee er gerade mit dem Buttermesser auf dem handwarmen Toast verteilte. Sie hatte sich daran gewöhnt. Jedesmal, wenn er von einer OMEGA-Besprechung kam, machte er noch stundenlang einen abwesenden Eindruck. Sie goß Victor Kaffee ein, gab Sahne und ein Stück Zucker hinzu und rührte alles um. Jacobi starrte auf den Toast in seiner Hand.

«Ich werde mich ein wenig um Marianne Engstfeld kümmern», sagte Elisabeth. «Dieser plötzliche Tod ihres Mannes …»

«Mord!» Jacobi legte den Toast auf den Teller zurück. «Es war Mord. Mit jedem anderen Wort schiebt man die Verantwortung fort, die wir alle tragen, die wir ihn gekannt haben.» Draußen im Garten der Gründerzeitvilla waren Bäume und Sträucher kahlgefegt. Eine dünne Schicht Reif lag über dem Rasen. Die dürren Äste der Büsche wirkten im Gegenlicht wie bizarre kyrillische Schriftzeichen. Jacobi dachte an den Ohrring, den man bei dem Toten im Hotel gefunden hatte.

Elisabeth nippte an ihrem Kaffee. «Ich schiebe keine Verantwortung fort», sagte sie. «Ich halte mich nur an die Regeln. An die Übereinkunft, daß es Sache der Polizei ist, den Täter zu finden und ihn der Justiz zu übergeben. Das, was du mit Beck, Klinger und Jensen da betreibst, ist kein Teil dieser Übereinkunft.» Sie sah Victors Blick flackern und fuhr fort, ehe er etwas sagen konnte: «Das heißt nicht, daß ich es unbedingt mißbillige, was ihr tut. Ich sehe aber trotzdem, daß ihr euch außerhalb der Übereinkunft bewegt, wenn ihr euch in die Ermittlungen einmischt. Das gefährdet die Gültigkeit des allgemeinen Gesellschaftsvertrages.»

Jacobis Miene entspannte sich. «Der kategorische Imperativ? Willst du darauf hinaus?»

Sie mußte lächeln. «Wir sind hier nicht in einem deiner Seminare. Alles, was ich sagen will, ist, daß ich mir Sorgen mache.» Sie wurde ernst. «Als ich damals hier gesessen und auf einen Anruf deiner Entführer gewartet habe, habe ich mich immer wieder gefragt, ob es richtig war, daß ich die Polizei eingeschaltet hatte. Daß ich es ihr überließ, nach den Kerlen zu suchen, die dich gekidnappt hatten. Ich hätte es auch selbst in die Hand nehmen können, mit der Unterstützung einer dieser Risk-Controlling-Firmen, die einem versprechen, daß sie jede Situation in den Griff bekommen. Nur habe ich mich dann gefragt, ob ICH dann die Situation richtig in den Griff bekommen hätte, wenn sie mir deine Kidnapper gebracht hätten.» Sie sah Victor an. «Deshalb möchte ich Marianne Engstfeld auch lieber nichts von deinen Aktivitäten erzählen. Oder mich auf irgendeine Art zu deiner Helferin machen, indem ich sie aushorche.»

«Natürlich.» Jacobi erinnerte sich an den Toast. «Ich denke, ich bin es Georg schuldig, daß ich mich um die Aufklärung seines Todes kümmere», sagte er. «Außerdem weißt du, daß OMEGA kein Haufen wirrer Selbstjustizfanatiker ist.»

«Ich weiß», sagte sie. «Euer Statut.»

Jacobi nickte. «Dein ironischer Unterton dabei ist durchaus fehl am Platz. Ich nehme es in solchen Dingen sehr genau. Wir sehen unsere Aufgabe darin, die abendländische Zivilisation vor dem Rückfall in die Barbarei zu retten.»

«Das sind große Worte.»

«OMEGA neigt manchmal zu großen Worten. Zum Pathos. Angesichts der gigantischen Geldbeträge, über die die organisierte Kriminalität verfügt, und angesichts der wirtschaftlichen und politischen Kontrolle, die sie anstrebt oder bereits ausübt, ist dieses Pathos vielleicht gar nicht übertrieben.» Er läutete nach dem Mädchen. «Helga, kann ich ein Aspirin haben? Oder besser zwei.»

«Macht dir dein Pathos Kopfschmerzen?»

Er blinzelte und war sich eine Sekunde lang unsicher, ob sie Krach hatten. Dann entdeckte er den ironischen Zug in Elisabeths Mundwinkeln. «Du bist bewundernswert», sagte er. «Daß du es mit mir aushältst.»

«Mein Vater hat immer gesagt: Heirate reich, an alles andere gewöhnst du dich dann schon. Dabei hat er allerdings eher an diesen Brauereibesitzer aus Stuttgart gedacht und nicht an einen zum Pathos neigenden hanseatischen Großreeder, der nicht nur Bilanzen, sondern auch Bücher liest und Vorträge über Feministinnen hält.»

Das Mädchen brachte das Aspirin auf einem silbernen Tablett mit einem Glas Wasser. Jacobi löste die Tabletten auf und starrte in die sprudelnden Perlen. «Ich liebe dich», sagte er. «Auch wenn du mich manchmal für verrückt hältst.»

Jensen ließ sich von dem Bildredakteur die Abzüge aus dem Fotoarchiv der MORGENPOST erklären. Der schmächtige Kerl steckte in einem verwaschenen Pulli und hatte eine Stirnglatze bis zum Nacken. Er schob ihr eine Schwarzweißaufnahme hin. «Von vorgestern. KZ-Gedenkstätte Neuengamme.» Er tippte auf einen blonden Hünen. «Das ist Schirinski, das hinter ihm ist seine Tochter. Kranzniederlegung mit Trauermarsch. Schirinskis Vater soll 1944 hier umgekommen sein. Was ist an dem interessant?»

Jensen hätte es ihm sagen können, aber dann wäre sofort die halbe Redaktion an die Telefone gerannt, um die Sache zu recherchieren. Die Telefonnummer, die Jacobi sich im Polizeipräsidium notiert hatte, gehörte zum Büro von Fjodor Jewgeniwitsch Schirinski, leitender Manager der GAZPROM in Moskau. Jensen hatte die Nummer vor zwei Stunden angerufen und die Bekanntschaft einer russischen Sonja gemacht, die außer einem Schwall gutturaler Laute, nur «GAZPROM Moscow, please hold the line ...» hervorbrachte und sie dann in eine Warteschleife mit einer billigen Russenimitation von Jaggers «Start me up» gelegt hatte.

Der GAZPROM-Chef erinnerte Jensen vage an Hulk Hogan. Der Fotograf reichte ihr einen Packen weiterer Bilder. Schirinski bei der Ankunft. Er kletterte vor seinem Troß aus Bodyguards und Bürovolk aus einer Aeroflot-Maschine. Hinter sich einen blonden Muskelprotz und eine attraktive schwarzhaarige Frau. Begrüßung auf dem Vorfeld, Limousinen mit und ohne Stern und ein Empfangskomitee aus einem halben Dutzend Nadelstreifen. Jensen blinzelte. Das war Engstfeld. Der Banker mit dem Bart war gut getroffen. Ebenso der Händedruck mit Schirinski, die Umarmung, der Bruderkuß und wie er hinterher zu dem Russen in einen sechstürigen Schlitten kletterte.

Das letzte Bild zeigte Schirinski mit dem Innensenator vor

dem Hotel AN DER ALSTER. Jensen drehte das Bild um. Aufgenommen ungefähr zu dem Zeitpunkt, als Engstfelds Kajakpartie ins Wasser gefallen war.

«Wann gehen wir denn nun mal zusammen essen?» Der Bildredakteur versuchte vergeblich einen Blick in ihren Ausschnitt zu werfen. Er verbreitete eine Mischung aus Calvadosfahne und Pfefferminzatem.

«Kann ich davon Abzüge haben?» fragte Jensen.

«Du stehst doch auf Hamburger. An den Landungsbrücken gibt's einen tollen Burger-Schuppen.»

«Und dann müßte ich mal in euer Archivsystem, geht das?» Jensen strahlte ihn an.

«Ich finde es toll, wie wir uns verstehen.» Die Ohrläppchen des Bildredakteurs verfärbten sich feuerrot, während er sein Paßwort ins Terminal tippte.

Die nächste Stunde verbrachte Jensen damit, alle greifbaren Unterlagen über Schirinski und die GAZPROM zusammenzustellen. Auskünfte von Banken, vom Bundesamt für Außenwirtschaft, Moskauer Handelsregistereinträge, Firmenorganigramm, Telefonanschlüsse, Lieferanten, Kunden. Zwischendurch schleppte der Bildredakteur eine Tüte mit Big Macs und Fritten an. Jensen griff zu. «Lecker!» sagte sie und tippte ein neues Suchwort ins Archivsystem.

«Du machst mir die Tasten fettig», beschwerte sich der Bildredakteur. Jensen streckte ihm grinsend ihre Finger hin. «Du kannst sie ja ablecken.»

Sie wunderte sich nicht mal, als er es tatsächlich tat.

Beck hatte sich das Handy ans Ohr geklemmt und behielt das Portal von Engstfeld & Engstfeld im Auge, während er mit der freien Hand seinen Kaffee umrührte. Er saß im Café Wien, das in einem ausrangierten Ausflugsdampfer an der

Binnenalster lag. Hinter ihm klapperten die Bedienungen mit den Tellern. Ein paar Teenies gibbelten bei Schwarzwälder Kirsch und Persico die aktuellen Boygroups durch und planten ihre Diebestour durchs Alsterhaus. «Null», sagte Beck. «Friedrich Carl Müller ist wie vom Erdboden verschwunden. Nicht zu Hause, nicht in der Bank.»

«Jensen hat da etwas gefunden.» Jacobis Stimme klang ein wenig verzerrt, wie immer, wenn er aus seinem Reederei-Büro im Sloman-Haus am Hafen telefonierte. Irgend etwas schien mit den Funkmasten dort nicht zu stimmen. Beck hörte sich eine Menge über einen gewissen Schirinski an, mit dem Engstfeld kurz vor seinem Tod zusammengetroffen war, und konnte nicht viel damit anfangen. «Dann hat sie noch Engstfeld und Müller im Archiv abgefragt», sagte Jacobi. «Vor ein paar Jahren gab es einmal einen Friedrich Carl Müller, der war angeblich Teilhaber an einem Club auf dem Kiez. RINGOS CLUB. Nur eine kleine Meldung. Thema: ‹Schwarzes Geld, rotes Licht und weiße Weste!›»

Beck ließ vor seinem inneren Auge die Clubs Revue passieren, die er kannte oder an denen er wenigstens mal vorbeigekommen war, und hatte eine vage Ahnung.

«Sind Sie noch da?»

«Ja», sagte Beck. «Ich denke.»

«Wo sind Sie?»

Beck sagte es ihm. «Ich warte, daß die Banker Feierabend machen. Ich dachte, ich greife mir mal Müllers Sekretärin.»

«Der Rotlicht-Spur wollen Sie nicht nachgehen?»

Beck grinste. «Was meinen Sie, warum es Rotlicht heißt?»

«Warum denn?»

«Weil es dazu erst mal dunkel sein muß.»

VIER

Hamburg, 13. November, 20.38 Uhr Ortszeit

Koslowski war enttäuscht. Der Esel war nicht echt, sondern nur ein fellbespanntes Holzgestell. Und die Nonne war eine abgehalfterte Brünette, die sich gelangweilt mit dem Hartgummiding der Attrappe beschäftigte. Außerdem war das Pils seines Herrengedecks, das ihm die Oben-ohne-Bedienung gebracht hatte, schal. RINGOS CLUB war ein Bums und nicht einmal die Freikarte wert, mit der er hereingekommen war. Koslowski schnippte nach der Bedienung. Sie kam herangewackelt und präsentierte ihm Warzenhöfe so groß wie Donuts. «Willste aufs Zimmer?»

«Charly, die Glatze», sagte Koslowski. «Das hier soll sein Stammlokal sein. Ist er da?»

Sie zog einen Flunsch und deutete mit dem Kopf auf ein Séparée. «Wenn du glaubst, daß er dir's besser macht!»

Als gleich darauf Champagner hinter den Vorhang gebracht wurde, sah er Charly mit ein paar Pferdeschwänzen und Miniplis bei Geschäftsverhandlungen. Vor der Bühne verlangte ein Trupp russischer Matrosen lauthals Nachschub und eine schärfere Nummer. An der Bar hockte ein Kerl im Anzug und telefonierte. Als einer der Matrosen auf die Bühne klettern wollte, um den Esel von der Nonne zu befreien, schickte der Anzugtyp den Barmixer hinüber, um die Nonne zu retten.

Den Rest der Nonnennummer verpaßte Koslowski, weil Glatzen-Charly aufstand und Richtung Toilette verschwand. Koslowski machte, daß er hinterherkam. Charly hantierte vor einem der Porzellanbecken an seiner Hose.

«Das hat Zeit», sagte Koslowski und hieb ihm von hinten

mit beiden Handkanten in die Seite. Charly ließ pfeifend die Luft ab und sackte zusammen. Koslowski griff zu, bevor er zu Boden ging, und schleifte ihn in eine der Kabinen. Er stieß die Klobrille hoch, preßte die Glatze ins Becken und drückte die Spülung. «Denn siehe, ich will eine Sintflut kommen lassen, zu verderben alles Fleisch auf Erden.»

Die Glatze gurgelte. Koslowski zog ihn hoch und verpaßte ihm ein paar Ohrfeigen. Charly ruderte mit den Armen.

«Der Lieferwagen!» Weil Charly keine Haare hatte, packte er die Glatze am Nacken.

«Was willst du?» keuchte Charly.

«Meinen Wagen. Bad Segeberger Kennzeichen. Wo ist er!?»

Charly hob zitternd die Arme. «Cool down, Mann!»

«Wo steht er?»

«Hinten im Hof.»

Koslowski zerrte Charlys Krawattenknoten hoch, bis die Glatze rot anlief. «Ist die Ladung noch drauf?»

«Umpf», gurgelte Charly.

«Ich versteh dich nicht!»

«Verkauft!» stieß Charly heraus. «Deko-Shop. Millerntor.»

Koslowski seufzte. «Das sind die Tage, von denen wir sagen: Sie gefallen uns nicht. Verzeih mir, Herr, daß ich jetzt die Beherrschung verliere!»

Er knallte Charlys Glatze gegen die Schmuckfliesen und ließ ihn an der Wand herunterrutschen. Dann fischte er Charlys Brieftasche aus seiner Jacke und zerrte einen Packen grüner Hunderter heraus. «Denn wisse, du sollst nicht Handel treiben mit den Dingen, die da sind dem Herrn zu eigen!»

Er drückte die Tür zum Hof auf. Da stand der Wagen. Koslowski steckte das Geld ein und beschloß, daß es endlich Zeit war, bei der Latexlady vorbeizuschauen. Im nächsten Moment traf ihn auch schon der Hammer Gottes.

Beck ließ seinen Calibra an der Ecke stehen und schlenderte zu Fuß weiter. Auf dem Kiez drängte sich Landvolk aus Pinneberg und Schleswig, Sachsen, Schwaben und Bayern. Über allem zuckten die Leuchtschriften für LIVE SEX, ALLES ECHT und GIRLS NUDE. Aus den Läden waberte ein Gemisch aus Bee Gees, Donna Summer, Modern Talking und Coolio. Die Koberer schossen aus den Eingängen der Bumsschuppen, sobald jemand auch nur ein bißchen langsamer ging.

«Geile Mädels hier», hörte Beck. «Machen alles mit.»

«Die treiben's auf der Bühne.»

«Komm rein, die besorgen's dir.»

RINGOS CLUB lag fast am Ende der Straße, nahe der Notfallambulanz, in der sich die Touris dann später ihre blutigen Köpfe versorgen lassen konnten. Vor der Tür stand Jensens Spider. Neben dem Spider stand Jensen. Und neben Jensen stand der Portier. Jensen war wütend.

«Ochsenfrosch!»

Beck trat zu ihr. «Was?»

«Sie will rein!» sagte der Portier.

«Er läßt mich nicht», sagte Jensen.

«Nur in Herrenbegleitung!» sagte der Portier.

«Hat sie jetzt!» sagte Beck und legte den Arm um Jensen. «Komm, Baby!»

Er schob Jensen zur Kasse, reichte der Mutti in dem Glaskasten zwei Zwanziger und hielt Jensen den Vorhang auf, über den es in verblichenen Goldbuchstaben EINGANG ZUM CABARET hieß. Gregorianischer Mönchsgesang drang ihnen entgegen.

«Ich habe ...», begann Jensen.

«Schon gehört», sagte Beck.

Jensen starrte auf die Bühne, wo die halbnackte Nonne unter dem automatischen Esel lag. «Das ist ja ekelhaft.»

«There's no business like sex business.»

Jensen deutete mit dem Kopf zur Bar. «Da ist er. Müller. Ich hab ein Foto von ihm gesehen.»

Beck löste sich von Jensen und schob sich durch die Gäste, die die Nonne jetzt mit rhythmischen Applaus anfeuerten. Jensen postierte sich am Ende der Bar und sicherte den Eingang. Beck schätzte die Professionalität, mit der sie zusammenarbeiteten.

Müller hatte einen Whisky sour vor sich stehen und drückte sich sein Handy ans Ohr. «Was heißt hier abgereist? Ich habe doch noch heute mittag mit ihm gesprochen. Es gibt da ein paar wirklich dringende Fragen wegen seiner letzten Geschäfte zu klären.»

Was er zu hören bekam, schien ihn nicht zufriedenzustellen. Wütend drückte er das Gespräch weg. Beck setzte sich neben ihn und bestellte bei der Barlady ein Wasser. Sie zog die Augenbrauen hoch, tauchte ein Altbierglas ins Spülbecken, ließ es vollaufen und knallte es vor Beck auf den Tresen.

«Das liebe ich an dieser Stadt», sagte Beck zu Müller. «Die Leute versuchen wenigstens, nett zu sein, auch wenn sie dich für ein Arschloch halten!»

«Verzieh dich!» blaffte Müller.

Beck nahm einen Schluck von seinem Wasser. «Ganz ruhig, Herr Müller!» Müllers Augen zogen sich zusammen. «Nur ein paar Worte über Ihren Chef», sagte Beck. «Was ist da passiert, wem ist er auf die Füße getreten, mit wem hat er sich in letzter Zeit getroffen?»

Müller starrte auf sein Handy. Beck langte über die Theke, fischte einen Zitronenschnitz aus dem Kühler und ließ ihn in sein Glas plumpsen. «Sie kennen Victor Jacobi?»

Natürlich kannte Müller ihn.

«Herrn Jacobi liegt viel daran, etwas über die ... Hintergründe des Attentates auf Herrn Engstfeld zu erfahren», meinte Beck vage. «Aus rein privaten Gründen. Sagen wir, aus alter freundschaftlicher Verbundenheit.»

«Sie arbeiten für ihn?»

Beck nickte. «Sie waren heute nicht in der Bank.»

«Ich war zu Hause.»

Beck schüttelte den Kopf. «Kann es sein, daß Sie vor irgend etwas Angst haben?»

Müller kippte seinen Whisky und sah Beck lange an. «Kann es sein, daß Schirinski jetzt versucht hat, Ihren Jacobi anzupumpen?»

Beck hob die Schultern. «Warum sollte Schirinski das?»

Müller schnaufte. «Klartext: Engstfeld hat die Geschäftsverbindung zu dem Russen abgebrochen. Die Sache war ihm zu heiß geworden. Ende der Fahnenstange.»

«Wann?»

«Anfang der Woche. Hotel AN DER ALSTER.»

«Sie waren dabei?»

Müller nickte.

«Was war passiert?»

Müller hob die Schultern. «Schirinski wollte Kredit.»

«Wieviel Kredit?» Beck sicherte routinemäßig den Raum. Jensen war an ihrem Platz, aber an der Art, wie sie angespannt dasaß, erkannte er, daß etwas nicht stimmte. Am Eingang lehnte ein blonder Hüne mit streichholzkurzen Haaren und interessierte sich kein Stück für die Nonne mit ihrem Esel. Dafür aber um so mehr für Beck und Müller.

«Ein paar Millionen», sagte Müller. «Und das war's jetzt. Wenn du wirklich von Jacobi kommst, dann sag ihm, daß ich nicht mit Hilfskellnern rede.»

Müller winkte mit seinem Glas und bekam einen neuen Whisky sour. Beck sortierte noch das, was er gehört hatte, als der Blonde am Eingang auf dem Absatz kehrtmachte und den Laden verließ. Trotzdem entspannte Jensen sich nicht, und auch Beck wurde das Gefühl nicht los, daß hier irgend etwas nicht so lief, wie es laufen sollte.

Beck nickte Jensen zu. Sie glitt von ihrem Hocker. «Ich denke, Herr Jacobi würde sich in der Tat gern einmal mit Ihnen unterhalten.» Er sah das Mißtrauen in Müllers Blick aufflackern und entschied sich für ein etwas dümmliches Hilfskellnerlächeln, damit Engstfelds Referent sich wie ein toller Hecht vorkommen konnte. «Der versteht sicher mehr als ich von diesem ganzen Geldkram, von dem Sie erzählt haben.»

«Geldkram!» Müller lachte. «Genau.»

Inzwischen war Jensen schon herübergekommen. Müller starrte sie an. «Meine Kollegin», sagte Beck und schirmte Müller zum Saal hin ab, wo die Nonne endlich erschöpft unter dem Esel hervorkrabbelte. «Am besten, wir gehen hinten herum raus, nicht wahr, Herr Müller?»

Reka zog die Decke enger um die Schultern. Sie zitterte vor Angst und vor Kälte und spähte aus dem Laster. Die dunkle Gestalt war immer noch da. Ein Mann, mit einer Pistole. Er trug keine Uniform, aber als sein Gesicht kurz ins Licht geriet, war sie sich sicher, daß er ein Russe war. Der Mann rüttelte an dem Gittertor, das den Hof von der Straße trennte. Es war verschlossen. Der Glatzkopf, der den Lieferwagen aus dem Millerntor-Komplex hergebracht hatte, hatte es vorhin abgeschlossen. Von ihrem Versteck unter der Plane aus hatte Reka gesehen, wie er im Haus verschwunden war, und dann versucht, abzuhauen. Aber die Tür zum Haus hatte keine Klinke, das Gitter war verschlossen und oben mit scharfen Metallspitzen gekrönt. Also war sie wieder unter die Plane auf der Ladefläche gekrochen und hatte gewartet. Schließlich schlotterte sie so vor Kälte, daß sie ihre Angst überwand und nach vorn in die Kabine des Lieferwagens kletterte.

Vorhin war sie aus ihrem nervösen Schlaf hochgeschreckt. Sie hatte gesehen, wie der Mann mit der Pistole einen Kerl zusammenschlug, der gerade aus der Tür kam. Der Mann hatte den Kerl ins Haus gezerrt und war dann in den Hof gekommen. Seitdem schlich er hier herum. Er war Russe, auch wenn er keine Uniform trug. Die Russen, die ihren Vater erschossen hatten, waren in Uniform gewesen. Ein Trupp von sechs Mann, auf Patrouille. Sie hatten ihren Vater dabei erwischt, wie er das Plakat mit dem Bild des Generals von der Tür des Postamts abriß. Reka wischte sich die Tränen aus den Augen. Sie war weggelaufen, über den leeren Boulevard, die Kugeln der Soldaten waren hinter ihr hergepeitscht, bis sie endlich in eine Toreinfahrt abtauchen konnte. Erst da hatte sie bemerkt, wie es ihr naß an den Beinen herunterlief.

Sie spähte in den Hof. Der Russe war nicht mehr zu sehen. Vorsichtig öffnete sie die Fahrertür. Ein Windstoß trieb ihr eisige Luft ins Gesicht. Möglich, daß der Russe irgendwo im Dunkeln zwischen den Mülltonnen lauerte.

In der Luft war auf einmal ein Knattern und Rauschen, ein Scheinwerferkegel huschte über den Hof. Als sie den Helikopter ausmachte, dachte Reka zuerst an die Militärhubschrauber, die in Grosny im Tiefflug über der Stadt gekreist waren. Dann erkannte sie das rote Kreuz auf der Maschine. Der Hubschrauber landete drüben auf der anderen Straßenseite. Sofort rannten Weißkittel mit einer Trage heran. Die Rotoren wirbelten im Schneeregen, und für einen Moment verschwand alles in einer grauweißen Wolke aus Flocken und Wasser.

Sie tauchte wieder zwischen die Sitze. Unterm Armaturenbrett hingen die Zündkabel herunter. Irgend etwas war mit dem Wagen nicht in Ordnung. Tracker, einer der Jungs vom Bahnhof, hatte ihr einmal gezeigt, wie man einen geklauten Wagen anlassen konnte, indem man die Zündkabel herausriß. Ein paarmal hatte er sie auch auf seine Spritztouren mitgenommen, wenn sie ihm unterwegs einen geblasen hatte. Sie hantierte mit den Kabeln herum. Wenn sie den Motor in Gang bekam, mußte sie auf den Fahrersitz und Gas geben. Sie spähte wieder durchs Fenster nach dem Russen. Als sie ihn entdeckte, fiel auch schon der erste Schuß.

Die Kugel kam aus dem Dunkel des Hofes. Sie riß nur Zentimeter neben Becks Kopf den Putz aus der Wand. Steinsplitter fegten durch die Luft. Müller schrie auf.

«Zurück!» Jensen riß Müller in die Toiletten des Clubs und drückte ihn zu Boden. Beck zog seine Automatic. Weitere Schüsse krachten. Querschläger jaulten durch die Luft. Von dem Schützen war nichts zu sehen.

Jensen sicherte mit gezogener Waffe Müller. Engstfelds Referent preßte sich auf die Fliesen. In einer Toilettenkabine stöhnte jemand. Beck stieß die Tür zum Hof auf. Im nächsten Moment peitschten Schüsse herein. Ein Glatzkopf kroch aus einer Kabine, brüllte «Scheiße!» und schmiß sich hin. Die Tür der Nachbarkabine bewegte sich, und ein Kerl steckte sein Gesicht heraus. Als er Becks und Jensens Waffen entdeckte, verkroch er sich sofort wieder. Gleich darauf meinte Beck ihn beten zu hören. Dann flog aber auch schon die Tür zur Bar auf. Jensen feuerte augenblicklich, als sie den Blonden mit der Waffe in der Hand sah.

«Weg hier!» Beck zerrte Müller hoch. Jensen hechtete nach draußen und rollte sich durch den Schneematsch zu dem Kleinlaster. Aus dem Dunkel neben Mülltonnen peitschte ein Schuß. Die Lampe in den Toiletten zerplatzte. «Herr, halte mich in Deiner Hand, denn ich bin Dein Sohn!» wisperte jemand.

Beck hielt es für besser, nicht auf den Herrn zu warten,

sondern es lieber selbst in die Hand zu nehmen. Er ließ das Magazin aus der Automatic gleiten, stieß einen frischen Ladestreifen ein und hatte gerade durchgeladen, als Jensen am Lieferwagen hochkam und auf den Schützen im Dunkeln feuerte. In ihrem Feuerschutz schleppte Beck Müller zu dem Lieferwagen. Müller wimmerte vor sich hin. Ein Splitter hatte sein Ohrläppchen aufgerissen, und Blut tropfte in den Schnee. Jensen lud nach. Beck feuerte auf die Gestalt, die in der Hoftür auftauchte. Er riskierte einen Blick auf das Gitter in der Zufahrt und sagte sich, daß es gehen könnte. Er probierte die Tür des Lieferwagens. Sie ging auf. Offenbar hielt der Herr doch seine Hand über die Seinen. «Wir nehmen den Wagen!» zischte er Jensen zu. Sie nickte und begann, das ganze Magazin in einer kreisförmigen Bewegung in Richtung der Mülltonnen zu leeren.

Beck glitt in den Wagen, stieß gegen etwas Weiches, kümmerte sich nicht weiter darum, sondern riß die Verkleidung unterm Armaturenbrett ab. Verblüfft registrierte er, daß die Zündkabel schon herunterhingen. Während er mit den Drähten herumfummelte, feuerte Jensen auf die Tür zur Toilette. Von den Mülltonnen brüllte jemand etwas auf russisch. Dann drückte Jensen auch schon Müller in den Wagen, und endlich sprang der verdammte Motor an.

«Tür zu!» Beck zwängte sich hinter das Steuer. Ein Schuß zersplitterte den Seitenspiegel. Der Schütze ahnte wohl, was sie vorhatten. Beck ließ die Kupplung kommen, ging aufs Gas und jagte auf das Gittertor zu. Im gleichen Moment, als der Wagen das Tor aufsprengte, erschien eine Gestalt in der Toilettentür des Clubs und nahm sie unter Beschuß.

«Der Blonde aus der Bar!» Jensen kurbelte das Seitenfenster herunter, um zurückzuschießen. Der Wagen schlingerte über den glatten Asphalt. Auf dem Hubschrauberlandeplatz der Notfallambulanz wuselten Ärzte und Schwestern hektisch herum. Vor Beck flammten Scheinwerfer auf, er sah noch kurz, wie ihn ein Kerl aus dem Fenster eines schwarzen BMW mit einem Ding anvisierte, das verdammt nach einer Kalaschnikow aussah. Dann rammte er den Wagen auch schon. Jensen und Müller wurden nach vorn geschleudert, und ein Mädchen schrie auf. Erst als Beck den BMW hinter sich gelassen hatte und den Wagen scharf nach links in Richtung Landungsbrücken riß, begriff er, daß noch jemand in der Kabine steckte. Das Mädchen, das aus dem Fußraum vor Jensen kroch, zitterte am ganzen Körper.

«Was ...»

«Soldaten!» schrie das Mädchen. «Sie schießen.»

Sie rasten über die Hafenstraße Richtung Fischmarkt.

Das Mädchen klammerte sich an Müller. Beck konnte nicht feststellen, wer von den beiden mehr zitterte. Müller betrachtete seine blutigen Finger, mit denen er sich über das Ohr gewischt hatte. «Tun Sie doch was!» kreischte er. «Ich verblute!»

«Später!» Jensen suchte vergeblich nach Halt, weil Beck im Slalom durch den Abendverkehr jagte und jetzt mit überhöhter Geschwindigkeit durch die scharfen Kurven am Fischmarkt vorbei Richtung Palmaille steuerte. Hinter ihnen bellten zwei Kalaschnikows auf, und dann hörte Beck auch schon das Knattern des Hubschraubers. Als er bei Rot die Kreuzung an der Max-Brauer-Allee überquerte und am Altonaer Rathaus vorbeijagte, machte er noch den vorbeischwirrenden Heli aus.

Der Kleinlaster fegte über die Straße, ein Pizzabote schaffte es gerade noch mit seinem Roller von Becks Spur, ehe er sich überschlug. Dann war die Strecke vor ihnen halbwegs frei, und Beck trieb den Wagen durch die Gänge. «Geschafft.» Sein Adrenalinspiegel beruhigte sich allmählich.

«Noch nicht!» Jensen lehnte aus dem Fenster. Beck riskierte einen Blick auf seiner Seite und bemerkte zuerst nichts auf der Fahrbahn. Auch hinter ihm war alles frei. Aber dann hörte er wieder das Knattern und machte den Rettungshubschrauber der Notfallambulanz aus, wie er in einer engen Kehre über die Elbe herüberkam. Ein dunkler Umriß hing in der Seitentür. Dann schoß der Helikopter auch schon über sie weg und drehte in einer Steilkurve ungefähr fünfzig Meter vor ihnen bei. Das Rattern der Kalaschnikows ging fast im Knattern der Rotoren unter. Als die Windschutzscheibe zerplatzte und das Sicherheitsglas durch die Kabine wirbelte, wußte Beck, daß es gleich ziemlich eng werden würde.

Das Mädchen tauchte wieder in den Fußraum ab. Müller schrie hysterisch und machte Anstalten auszusteigen, bis Jensen ihm eine Ohrfeige verpaßte. Beck ließ den Wagen in Schlangenlinien über die Straße tanzen und überlegte, wie er dem Hubschrauber entkommen konnte. Mit der lahmen Mühle hatte er gegen den Heli keine Chance, schon gar nicht hier auf der breiten Elbchaussee. Ehe sie ein Versteck in einer Tiefgarage oder unter einer Brücke fanden, hatte er sie wahrscheinlich durchsiebt.

«Weiter!» Jensen zerrte an seinem Arm. «Wir haben keine Wahl. Autobahn! Elbtunnel!» keuchte sie im gleichen Moment, in dem Beck auch darauf kam. Mit quietschenden Reifen bog er in den Hohenzollernring ein und fluchte darüber, daß die Straße nur noch einspurig war. Wieder mußte er sich im Slalom an den anderen Autos vorbeidrängen.

Der Hubschrauber war über die Kreuzung hinausgeschossen, hatte gewendet und pendelte sich hinter ihnen gerade wieder ein. Ein weitere Salve ging auf der Ladefläche nieder. Jemand schrie auf, aber Beck hatte keine Zeit, sich darum zu kümmern, wer es war, weil aus der Bleickenallee ein Taxi herauskroch.

Beck stieg in die Eisen, es stank nach Gummi, und die Plastikmadonna und die Grabsteinminiaturen von der Ablage flogen durch den Wagen. Er war endlich auf der Behringstraße und holte das Letzte aus dem Wagen heraus.

«Scheiße!» Der Hubschrauber hatte sie wieder überholt und pendelte etwa zehn Meter vor ihnen über der Straße. Beck zwängte den Wagen mit quietschenden Reifen zwischen einem Linienbus und einem Lkw hindurch und hoffte, noch rechtzeitig aus dem Schußfeld zu kommen. Jensen feuerte durch eins der kinderkopfgroßen Löcher in der Windschutzscheibe blind nach vorn.

«Gleich haben wir's geschafft!» Sie rasten unter dem Hubschrauber durch und bogen in einem waghalsigen Manöver nach links auf die Autobahnzufahrt ein. Unbewußt duckte Jensen sich. Müller hockte reglos neben ihr. Vor ihnen tauchte die Einfahrt des Elbtunnels auf. Beck holte das Letzte aus dem Motor heraus und jagte über die abschüssige Strecke in den Fahrbahntrog des Tunnelkopfes hinunter zur vierten Röhre. Ein Wagen der Straßenmeisterei stand am Rand, die beiden Arbeiter, die gerade aussteigen wollten, schafften es gerade noch, ihre Türen wieder zuzumachen, bevor Beck an ihnen vorbeiraste. Der Lieferwagen fegte in den Tunnel. Beck wischte sich den Schweiß von der Stirn. «Alles klar.» Aber dann sah er im Spiegel, wie der Heli hinter ihnen ebenfalls in die Röhre rauschte.

«Freiem Leben, freiem Lieben bin ich immer treu geblieben», zitierte Regula Lewald. Sie hatte gerade die Geschichte der Frauenbewegung von 1848/49 in Hamburg aufgerollt und sich dem Skandal zugewandt, den die emanzipierte Lady Aston unter ihren Geschlechtsgenossinnen mit ihren Ansichten über die freie Liebe hervorgerufen hatte, als Jacobi mit Elisabeth den Vortragssaal im Literaturhaus betrat. Jacobi bekam von ihrem Referat noch mit, daß die Duellaffäre mit dem Ingenieur Anderson eine Zeitungsente war, die ausgerechnet von einem Revolverblatt namens ‹Freischütz› verbreitet worden war, ehe die Referentin sich den kriegerischen Ereignissen in Schleswig-Holstein zuwandte. Frau Aston hatte, im blutroten Gewand, als freiwillige Krankenschwester auf den Schlachtfeldern zwischen Apenrade und Rendsburg die verwundeten Freischärler gepflegt.

Regula Lewald hob ihren Arm. «Dabei erhielt sie einen Streifschuß.» Das Publikum tuschelte. Jacobi entdeckte die beiden reservierten Plätze in der ersten Reihe und nutzte den Moment der Unruhe, um sich mit Elisabeth zu setzen.

«Das aufregende Leben einer aufregenden Frau in einer aufregenden Zeit!» Elisabeth Jacobi grüßte einige Mitstreiterinnen der Hamburger Tafel, mit denen sie sich um Nichtseßhafte und Straßenkinder kümmerte.

Jacobi schüttelte den Kopf. «Eher aufgeregte Zeiten. Die damaligen Freiheitskämpfer glaubten, wenn sie ein paar hundert Dänen erschlügen, käme die ersehnte deutsche Einheit schneller.»

Wie zur Bestätigung erläuterte Regula Lewald als nächstes, daß Flensburg damals die zweitgrößte dänische Stadt gewesen sei und man in der Paulskirche ernsthaft über ein Deutsches Reich unter Einschluß der Ukraine und des Kaukasus diskutierte hatte. Ein Bekannter der Lady Aston, «ein Berliner Revolutionsgroßmaul namens Held», wie Regula Lewald betonte, träumte gar von einer Union zwischen Adel und Arbeitern gegen die bürgerlichen Geldsäcke.

«Nomen est omen», flüsterte Jacobi. Seine Nachbarin musterte ihn ärgerlich wegen der Störung. Elisabeth hob fragend die Brauen. «Er sah sich als Wohlfahrtsdiktator unter der Schirmherrschaft des Kartätschenprinzen alias Kaiser Wilhelms I.», sagte Jacobi.

«Eine Art Schirinski?» fragte Elisabeth.

Jacobi nickte. «Nichts ist schlimmer als Überzeugungstäter mit moralischem Anspruch.» Er lächelte der Referentin zu.

«Du mußt es ja wissen», sagte Elisabeth.

Der Lieferwagen schlingerte an einem Smart vorbei, der gemächlich durch den Tunnel zuckelte. Beck zog das Steuer nach rechts, schnitt einen Vectra und sah noch, wie dessen Fahrer vor Schreck das Steuer verriß. Der Vectra schleuderte, stellte sich quer und hatte gleich darauf den Smart in seiner Seite. Der Helikopter toste über die verkeilten Fahrzeuge hinter ihnen her. Das Feuer der Kalaschnikows kam ungezielt, die Kugeln ließen die Platten an der Tunnelwand zerplatzen. Er wich einem Polo aus und verfluchte die Idee mit dem Tunnel. Der Pilot des Helis verstand seinen Job. Zwischen dem Rotor der Bo und den Wänden war auf jeder Seite kaum mehr als anderthalb Meter Raum. Inzwischen hing der Blonde auf den Kufen, ein anderer Schütze klemmte in der offenen Tür. Das Dröhnen des Rotors schwoll an, der Hubschrauber ruckte nach vorn.

«Beck!»

Er sah den orangefarbenen Umlenkwagen der Straßenmeisterei mit dem blinkenden Pfeil auf der linken Spur erst in letzter Sekunde, riß das Steuer nach rechts und nahm im Vorbeischrammen noch den Außenspiegel des anderen mit. Er trat das Gas bis zum Anschlag durch, aber viel mehr war aus dem Lieferwagen nicht herauszuholen. Im Rückspiegel sah er den Heli schräg an dem Werkstattwagen vorbeiziehen und konnte es nicht glauben, daß die Rotoren nicht den Warnaufbau abrasierten. Es rumpelte, er umklammerte das Steuer, um den Wagen, der gerade eine Kette von Sicherheitshütchen niedermangelte, in der Spur zu halten. Ein Trupp Straßenarbeiter in orangenen Westen hechtete auf den Sicherheitsstreifen und tauchte in den Türen zum Servicetunnel ab.

Und dann sah Beck sie. Die Teermaschine stand am Ende der Gefällstrecke auf der linken Spur, drei Meter hoch und knapp zwanzig Meter lang, ein massiver Koloß aus Stahl und Eisen, mit einem Haufen heißem Bitumen im Lagerbecken. Auf der rechten Spur schlich ein Bulli an dem Koloß vorbei. Kein Platz, um vorbeizukommen. Beck konnte sich nicht entscheiden, ob er es mit der Teermaschine oder dem Bulli aufnehmen sollte.

«Festhalten!» Beck gab Gas und preschte von hinten auf den Bulli zu, um gleich darauf, als sie das Baufahrzeug passierten, die Bremse durchzutreten und das Steuer nach rechts zu reißen. Der Wagen schwankte, fegte schräg auf die Tunnelwand neben dem Bulli zu, krachte im stumpfen Winkel gegen die Wand, wurde zurückgeworfen und erwischte den Bulli in Höhe des rechten Bremslichts. Beck kurbelte am Lenkrad, um den Bulli nach links wegzudrücken. Metall kreischte auf Metall, als er an ihm vorbeischrammte.

«Du bist wahnsinnig!» Jensen umklammerte mit beiden Händen das Armaturenbrett. Auf ihrer Stirn prangte eine Beule. Dann explodierte die Welt hinter ihnen. Der Helikopter war gegen die Teermaschine gerast. Das Dröhnen und Krachen von sich verbiegendem Metall erfüllte die Röhre. Beck hielt das Gas weiter durchgetreten. Eine Feuerlohe tobte von hinten durch die Röhre. Ein heißer Luftstoß jagte über sie weg, und plötzlich stank es überall nach geschmolzenem Gummi, brennendem Kerosin und kochendem Teer. Der Evakuierungsalarm schrillte los, und die Warnleuchten unter der Decke kreiselten rot. Beck spürte die Steigung der Fahrbahn, endlich tauchte die Tunnelausfahrt auf, und er atmete tief durch.

Müller war nach vorn gesackt. «He!» Jensen wollte ihn anstoßen, aber dann sah sie das Blut auf seinem Hemd. Neben ihr keuchte Beck. Das Mädchen kam zitternd aus dem Fußraum hoch. Hinten gab es eine weitere Explosion. In einem Schwall von Rußflocken holperte der Bulli aus dem Tunnel. Beck ließ den Kleinlaster auslaufen. Seine Hände umklammerten das Lenkrad so fest, daß er die Finger im ersten Moment nicht davon lösen konnte.

Jensen zog Müllers Jacke auseinander. Die Wunde war ein Ausschuß, handtellergroß. Müller röchelte. Blut quoll ihm aus dem Mund, er schnappte nach Luft, verkrümmte sich.

«Scheiße», sagte Jensen. Sie beugte sich zu Müller. Seine Lippen bewegten sich. Er schien noch etwas sagen zu wollen.

Das Mädchen hatte die Hand vor die Augen gepreßt und lugte zwischen den Fingern durch. «Stirbt er?»

Jensen nickte und brachte ihr Ohr noch näher an Müllers Mund. Als er hustete, versprühte er einen Nebel von Blut über ihr Gesicht. Dann öffnete er noch einmal den Mund. «Euro ... killer ...»

«Tot», sagte Jensen.

Beck stieß die Tür auf seiner Seite auf und ließ sich aus dem Wagen fallen. In der Ferne heulten schon Polizei und Feuerwehr heran. «Besser, wir verschwinden!» Er spürte eine kleine Hand in seiner. Das Mädchen klammerte sich an ihm fest. «Nimm mich mit!»

FÜNF

Hamburg, 14. November, 9.37 Uhr Ortszeit

«Eurokiller.» Der Filzschreiber, mit dem Jacobi das Wort neben Engstfelds Bild an die Tafel schrieb, quietschte. Beck rieb sich über die Bartstoppeln. Ihm war kalt, obwohl er die Heizung schon vor einer Viertelstunde hochgedreht hatte.

«27 Hits», erklärte Klinger. Er hatte sich von einem der Terminals ins Netz eingeloggt. Jacobi hob den Blick. «Aber kein Treffer», setzte Klinger hinzu. «Obskure Fanpages für obskure Pop-Bands, obskure Panikseiten von obskuren Euro-Skeptikern. Angeblich hat schon Nostradamus vor dem Euro gewarnt. In irgendeiner Centurie schreibt er was von der Macht des Geldes, das die Völker zu Feinden werden läßt.» Klinger zeigte auf einen Computerausdruck. «Gegen die fortlaufend numerierten Geldscheine aus dem ATLANTIC spricht übrigens jede Wahrscheinlichkeit. Ich hab mich bei ein paar Numismatikern erkundigt. Im freien Geldumlauf ist es absolut unwahrscheinlich, daß man Scheine mit aufeinanderfolgenden Nummern bekommt. Sogar in den Bündeln mit druckfrischen Noten gibt es kaum fortlaufende Nummern.»

«Ich denke, unsere Spur ist der Genosse Schirinski», sagte Jensen. «Er hat Geschäfte mit Engstfeld gemacht ...»

«Welche Geschäfte, das ist die Frage», sagte Beck.

«Alles kein Problem», meinte Klinger. «Gebt mir zwölf Stunden, und wir wissen es.»

«In Ordnung.» Jacobi suchte nach einem Magneten und heftete das Bild von Schirinskis Ankunft an das Brett. «Schirinski gilt als gefährlich. Besessener Machtmensch. Hochdekorierter General aus dem Tschetschenienkrieg. Liebling der alten Offiziersgarde. Gönner, Hoffnung der neuen Militaristen. Spitzenkandidat der ‹Partei zur Rettung Rußlands› bei den Präsidentschaftswahlen. Vertreter für Recht und Ordnung. Verfechter eines starken Rußlands.»

Beck kontrollierte die Heizung. Sie war so heiß, daß er sich die Finger verbrannte.

«Schirinski und sein Troß sind gestern um 14.30 Uhr mit einem gecharterten Lear-Jet nach Moskau zurückgeflogen», sagte Jensen. «Ich habe mit der Flugaufsicht und dem BGS in Fuhlsbüttel gesprochen. Sie haben zehn Personen und sieben Bürocontainer Gepäck deklariert. Davon ein Container als Diplomatenfracht, den er auch schon aus Moskau mitgebracht hatte. Angeblich hat er ihn im Auftrag des Außenministeriums für die Botschaft transportiert.»

«Zehn Personen?» Klingers Finger huschten über seine Tastatur. «Bei seiner Einreise waren es 13. Wenn wir davon mal die beiden Toten abziehen, die laut Polizeibericht beim Unfall im Elbtunnel mit dem Hubschrauber verbrannt sind, und dann noch die Person, die nach Zeugenaussagen abgesprungen und entkommen ist ...», Klinger kratzte sich hinterm Ohr, «... dann ist dieser eine entweder noch in der Stadt oder fliegt gerade zurück. Ich checke mal die Passagierlisten der Flüge nach Moskau.»

Jensen sah Jacobi an. «Was ist eigentlich mit diesem Mädchen aus dem Lieferwagen?»

«Reka», sagte Jacobi. «Mehr hat meine Frau nicht aus ihr herausbekommen. Sie ist im Moment erst einmal bei uns. Hat eine Stunde unter der Dusche gestanden, den halben Kühlschrank leergegessen und ist dann todmüde ins Bett gefallen.»

«Sie haben da ziemlich schnell ziemlich viel über Schirinski zusammengetragen», meinte Beck.

Jacobi wirkte irritiert. «Ich habe mit ein paar Leuten in den Staaten gesprochen. Sie wissen schon, die, die ...»

«… an exponierter Stelle und so weiter», sagte Klinger. «Schon klar. Und Sie fragen sich nicht, warum die sich in Langley für einen russischen Politspinner interessieren?»

«Die Amis sind paranoid», sagte Beck. «Die schnüffeln hinter jedem her. Sogar hinter sich selber.»

«Man hegt dort eine gewisse Besorgnis für den Fall, daß Schirinski sich nicht an die Spielregeln einer demokratischen Wahl halten könnte», sagte Jacobi behutsam. «Und man ist erstaunt über die enormen finanziellen Mittel, mit denen er seinen Wahlkampf bestreitet.»

«Wird er vom organisierten Verbrechen finanziert?» Jensen blickte auf. «Das Medellin-Modell?»

«Das organisierte Verbrechen ist ein giftiger Stachel im Fleisch unseres gesunden Volkes! Es muß ausgemerzt werden, ausgebrannt wie ein Schlangenbiß, damit es unser Volk nicht weiter vergiftet», sagte Jacobi. «Originalton Schirinski in seiner Wahlkampfrede.»

«Hohles Pathos!» meinte Jensen.

Jacobi blinzelte. «Wie meinen Sie das?»

«Oder etwa nicht?»

«Wer den Bären treffen will, muß zu seiner Höhle gehen!» sagte Beck. «Wir sollten uns den Genossen einmal anschauen.»

«Das wollte ich auch gerade vorschlagen», meinte Jacobi. «Sie beide könnten als Journalisten auftreten. Ich habe mit einer Bekannten beim «Spiegel» gesprochen. Sie schicken gerade über die Redaktion eine Interviewanfrage an Schirinski. Sobald das Okay aus Moskau kommt, können Sie fliegen. Wie steht es mit Ihrem Russisch, Beck?»

«Leidlich», sagte Beck. «Ich verlasse mich da voll und ganz auf Jensen.»

Moskau, 14. November, 17.30 Uhr Ortszeit

Vladimir Maximow hatte kaum einen Blick für den altertümlichen Charme des Hotels Lux. Dafür hatte es Alexandra viel zu eilig. «Ich habe gleich reserviert, nachdem ich von Vater gehört habe, daß du zurückkommst!» Schirinskis Tochter lehnte sich an ihn. Auf dem Gang knarrten die Dielen. An den Holztüren schimmerten golden die Zimmernummern. «Nummer 102!» flüsterte sie ihm ins Ohr.

Vladimir steckte der Flug noch in den Knochen. Die Aeroflot-Maschine war über Polen in Turbulenzen geraten. Der Maschinenbauer aus Erkelenz auf dem Nebensitz hatte sich die Seele aus dem Leib gekotzt und die restlichen vier Stunden mit glasigen Augen auf die Rückenlehne seines Vordermannes gestarrt.

Alexandra schob den Schlüssel ins Schloß und drängte Vladimir ins Zimmer. Außer dem Bett schien man seit den fünfziger Jahren keine neuen Möbel mehr angeschafft zu haben. Erst als Vladimir genauer hinsah, bemerkte er, daß der altertümliche Waschtisch, der verschnörkelte Sekretär und die heimelige Porzellanlampe auf dem Nachttisch Repliken waren. «Das Haus hat eine große Geschichte!» Alexandra deckte das Bett auf. «Das hier war Wehners Zimmer.»

«Wehner?» fragte Vladimir. «Welcher Wehner?»

«Egal!» Sie ließ sich aufs Bett fallen. «Komm!»

«Erst duschen.»

«Ich mag dich auch so.» Sie zog ihn zu sich herunter.

Später, als es draußen schon dunkel war, schaltete sie die Nachttischlampe ein. Sie hatte feste Brüste mit einem sichelförmigen Muttermal unter den Warzen, einen flachen Bauch und schmale Hüften. In den Staaten hatte sie sich angewöhnt, mit eiserner Disziplin ihr Aerobic-Programm zu absolvieren. Sie lächelte ihn mit dem zufriedenen Ausdruck einer satten Katze an. «Was denkst du?»

«Wenn dein Vater uns sehen würde, hätte ich eine Kugel im Kopf, ehe ich den Mund aufmachen könnte.»

«Er ist ja so altmodisch!» Ihr Gesichtsausdruck wurde hart. «Wir haben uns nichts mehr zu sagen. Er hat mich doch nur als Dekoration für seinen Wahlkampf zurückgeholt. Irgendwer hat ihm gesagt, daß sich so was besser macht.»

Vladimir sagte eine Weile nichts. Dann meinte er: «Du bist sein ein und alles.»

«Ich bin nicht seine Leibeigene. Ich will zurück. Dieses Land stinkt.»

Vladimir war sich nicht sicher, ob der General es nicht vielleicht doch so sah. Schirinski kam aus einem Dorf, und nach der Schule war er sofort zur Armee gegangen. «Für den Rotarmisten gibt es nur zwei Frauen», hatte Oberst Krolow einmal geringschätzig gesagt. «Seine Mutter und die letzte Hure, die er hatte.» Soweit Vladimir wußte, hatte Schirinskis Ehe mit Alexandras Mutter nur zwei Jahre gehalten. In Krolows Akten stand etwas von einem gebrochenen Unterkiefer und schweren inneren Verletzungen, an denen sie im Offiziershospital gestorben war. In den Broschüren, die der General auf seinen Wahlkampfreisen verteilte, hieß es, daß seine Gattin früh einer schicksalhaften Krankheit erlegen war.

Vladimir richtete sich auf. «Wir müssen zu ihm», sagte er. «Er wartet auf mich.» Der Gedanke, dem General gleich Bericht erstatten zu müssen, machte ihn nervös. Die Aktion in Hamburg war keine Meisterleistung gewesen. Er hatte Gregorij und Alexejew verloren. Gregorij war der beste Hubschrauberpilot gewesen, den er je gekannt hatte. Sowohl er als auch Alexejew kamen aus Schirinskis Heimatdorf, genau wie die meisten Männer seiner Leibstandarte. Daß Vladimir den Sprung von den Kufen des Hubschraubers geschafft und überlebt hatte, verdankte er seinen Reflexen und der Ausbildung in Krolows Spezialeinheit.

Er kletterte aus dem Bett und tappte zur Dusche. Das heiße Wasser machte ihn müde. Er mußte eine Weile an der neumodischen westlichen Armatur herumfummeln, bis es endlich eiskalt aus dem Duschkopf schoß. Als er aus dem Bad kam, hatte sich Alexandra schon angezogen. Ihr Gesicht glühte noch. «Wir können zusammen fahren», sagte sie. «Ich habe ihm gesagt, daß ich dich am Flughafen abhole. Er ist draußen auf dem Landsitz.»

Vladimir warf noch einen Blick ins Zimmer und fragte sich, wer wohl dieser Wehner gewesen sein mochte, bevor sie gingen. Der Portier kassierte für das Zimmer und bemühte sich, nicht allzu schmierig zu grinsen. Draußen warteten sie fröstelnd im schneidenden Wind darauf, daß der Parkdiener Alexandras Volvo aus der beheizten Tiefgarage holte. Ein zerlumpter Kerl schob sich heran. «Tourista? One Dollar, please! One Euro!»

Alexandra drehte sich weg. Vladimir zerrte einen Schein aus seiner Tasche und drückte ihn dem Mann in die Hand. Er hatte die Finger von seinen roten Wollhandschuhen abgeschnitten. Unter seinen Nägeln starrte der Dreck. Er glotzte auf den grünblauen Hunderter und machte, daß er wegkam.

«Du bist verrückt», sagte Alexandra. «Soviel Geld!»

Hamburg, 14. November, 14.39 Uhr Ortszeit

Die Explosion kam vollkommen unerwartet. Die Druckwelle riß Reka in die Höhe, sie schrie und ruderte verzweifelt mit den Armen. Der Gluthauch des Feuerballs erfaßte sie, sie schrie, doch sie brachte keinen Ton heraus. Jemand rüttelte sie an der Schulter. «He!?»

Sie brauchte ein paar Sekunden, ehe sie begriff, daß sie geträumt hatte. Schweißnaß blinzelte sie ins graue Licht des Zimmers. Die Frau an ihrem Bett kam ihr bekannt vor. Sie war schön, gut geschminkt und frisch frisiert wie die Frauen, die in Moskau mit ihren Chauffeuren in ihren schwarzen Limousinen unterwegs waren. Mit ihren Freunden hatte sie hin und wieder eine von den eleganten Frauen überfallen. Elisabeth Jacobi lächelte sie an. «Du hast geträumt.»

Die Frau roch nach teurer Seife und einem Parfum, das Reka an Frühlingsblumen erinnerte. Sie wußte nicht, wie lange sie geschlafen hatte. Nur bruchstückhaft kam die Erinnerung zurück. Der Mann und die Frau aus dem Lieferwagen hatten sie zu dem großen, herrschaftlichen Haus gebracht, das im Mondlicht schimmerte. Die Frau und ihr Mann hatten sich um sie gekümmert. Das letzte, was sie noch wußte, war das warme Wasser der Dusche und ein Kühlschrank voller Sachen zum Essen.

«Reka», sagte die Frau. «So heißt du doch?» Sie nahm ein Glas Milch von dem Tablett auf dem Nachttisch und hielt es ihr hin. Reka nickte. «Ich bin Elisabeth!»

Reka trank die Milch, stellte das Glas zurück, griff nach dem Gebäck und stopfte es sich in den Mund. Elisabeth sah ihr zu, wie sie die beiden Hörnchen hinunterschlang.

«Du kommst von weit her?» So, wie sie es sagte, klang es ganz normal. Reka nickte nur. In ihr stieg eine Flut von Bildern auf. Ihre Mutter auf dem Fußboden inmitten von zerbrochenem Geschirr und Gläsern. Ihr Vater, dessen Leiche den ganzen Tag in der Sommerhitze auf den Stufen des Postamts liegengeblieben war, weil die russischen Soldaten nicht zugelassen hatten, daß man ihn wegtrug. Am Abend waren die Krähen von den Feldern in die Stadt gekommen. Reka versuchte vergeblich, das Schluchzen zu unterdrücken. Elisabeth nahm sie in den Arm. Eine ganze Weile saßen sie zusammen auf der Bettkante und sahen hinaus in den Park.

«Erzähl mir von deinem Zuhause», sagte Elisabeth.

Moskau, 14. November, 20.11 Uhr Ortszeit

Alexandra steuerte den Wagen mit amerikanischer Lässigkeit durch den Moskauer Abendverkehr, eine Hand am Lenkrad, die andere auf die Wange gestützt. Auf dem Boulevard-Ring drängten sich die Menschen. Die gestylte Jeunesse doree, die herausgeputzten Gattinnen der Krisengewinnler mit ihren Leibwächtern, Gesellschafterinnen und Liebhabern. Gedrungene Kasachen in Pelzmänteln, tschetschenische Kleingangster, die mit Milizionären zusammenstanden, und Gestalten in abgetragenen Wintermänteln, die sich an den hellen Schaufenstern der Boutiquen vorbeischoben. Alte Frauen verkauften an den Straßenecken Tee aus großbäuchigen Samowars. Je weiter sie das Zentrum hinter sich ließen, desto trister wurden die Häuserzeilen und desto mehr Dreck und Schnee türmte sich am Straßenrand. Jugendliche in wattierten Jacken lungerten um Öltonnen herum, in denen Feuer flakkerte. Die Stadt zerfranste, die Türme der Lomonossow-Universität blieben zurück, und sie passierten auf der Schnellstraße die Plattenbausiedlungen, deren Wohnungen mit Bad und Balkon in den sechziger Jahren der Inbegriff des sozialistischen Fortschritts gewesen waren. Eines der Häuser schien zu brennen, jedenfalls loderte vom Dach eine hohe Lohe in den Himmel. Vladimir glaubte, hinter ihnen das Heulen von Feuerwehrsirenen zu hören.

Er sah zu Alexandra hinüber. Eine Haarsträhne verfing sich in ihrem Bernsteinohrring. Er würde bald zu einer Entscheidung kommen müssen. Die Dinge waren nicht länger miteinander zu vereinbaren. Es gab Befehle, die er befolgen mußte und über die er sich hinweggesetzt hatte, als er sich mit Alexandra einließ.

Eine Passagiermaschine sank mit blinkenden Positionslichtern dem Flughafen entgegen. Vladimir warf einen Blick zurück zu dem brennenden Haus. Inzwischen glühte das Feuer aus den Fensterhöhlen der oberen Etagen. Fetter Rauch wirbelte aus den Flammen und vermischte sich mit dem Dunkel der Nacht.

Nach einer Dreiviertelstunde wurde die Gegend ländlich. Die Scheinwerfer des Volvo krochen über die gefrorenen Schlaglöcher in der notdürftig geräumten Fahrspur. Die Stoßdämpfer des Wagens erreichten ihre Belastungsgrenze. Sie ratterten an einem Lastwagenkonvoi vorbei, der mit seinen Abgasen die Luft im Wagen verpestete. Im nächsten Ort funktionierte nur jede dritte Straßenlaterne. Auf dem Marktplatz erinnerte ein leerer Steinquader an die überlebensgroße Leninstatue, die die Menge Anfang der Neunziger vom Sokkel gestoßen hatte. Das ehemalige Komsomolzencafé war zur Disco mutiert. Über dem Eingang flackerte Neonlicht und ließ die Gesichter der Jugendlichen mit ihren Motorrollern in allen Regenbogenfarben schimmern. Als der Volvo an ihnen vorbeiglitt, flogen ihnen ein paar Bierflaschen hinterher.

Das Gaswerk lag ein paar Kilometer vor dem Ort zwischen Birken und Kiefern. Die Anlage hatte damals, als der General in den Vorstand des GAZPROM berufen worden war, zum modernsten gehört, das es auf dem Weltmarkt gab. Verteiler und Druckausgleicher schimmerten im Licht der Arbeitsscheinwerfer. Eiszapfen unter den Traversen und Laufbrücken verzauberten das Ganze in den Palast von Väterchen Frost. Die Männer der Nachtschicht stapften in ihren dicken Jacken durch das Licht. Vor dem Metallgitterzaun, der das Areal zur Straße hin abgrenzte, war der Schnee geräumt. Alle zehn Meter warnten Schilder dreisprachig, daß der Zaun unter Strom stand. Eine Doppelstreife in den hellblauen Winterjacken des GAZPROM-Wachdienstes blieb kurz stehen, als der Volvo vorbeirollte. Der Schäferhund der Männer kläffte ihnen nach. Der Streifenführer sagte etwas in sein Walkie-Talkie, während sein Kollege die Kalaschnikow herunternahm und durchlud.

Der Landsitz des Generals war ein altes Sommerschloß aus der Zarenzeit, das man nach der Revolution zuerst in ein Ausbildungslager für die bolschewistischen Kader umgewandelt hatte. Während des Großen Vaterländischen Krieges benutzte dann eine Außenstelle des Verteidigungsministeriums die beiden langgestreckten Gebäude. Aus dieser Zeit stammte auch das Flugfeld ganz in der Nähe, das seit dem Bau des Gaswerks kaum noch benutzt wurde. Chruschtschow und seine Nachfolger hatten schließlich ein paar Millionen Rubel und eine Menge sozialistischer Arbeitskraft investiert, um aus der Anlage ein Gästehaus der Regierung zu machen. Seitdem prunkten in den Bädern westliche Waschtischarmaturen und es gab eine Fußbodenheizung, die die hohen Räume einigermaßen wärmte. Die Küche war komplett erneuert und für größere Gästegruppen ausgelegt – genau wie die Überwachungstechnik in allen Räumen. Die Kameras und Mikrofone waren fest in Wandpanelen, venezianischen Spiegeln und Wandleuchtern eingebaut und von der Sicherheitszentrale aus zu kontrollieren. Im KGB gab es mehrere Regalmeter mit Videobändern über das nächtliche Treiben hoher Genossen und ausländischer Gäste. Oberst Krolows Lieblingsvideo war das mit den erotischen Turnübungen einer Delegation aus Alma Ata gewesen.

Alexandra ging vom Gas. Vladimir beugte sich zu ihr hinüber. Seine Lippen streiften ihren Hals.

«Wovor hast du Angst?» flüsterte sie. Vladimir wurde klar, daß er sich während der letzten hundert Meter immer mehr angespannt hatte.

«Er wird toben», sagte er leise.

Hamburg, 14. November, 20.32 Uhr Ortszeit

Pawel Störtebecker war lange genug Politiker, um sich im Griff zu behalten. Schließlich hatten die Medien überall ihre Zuträger. Deshalb wartete der Innensenator auch, bis der schwarzbefrackte Kellner ihm seinen Whisky und Jacobi einen Château de Virecourt Bordeaux Supérieur serviert hatte. Jacobi versenkte seine Nase in dem Weinglas und genoß das fruchtige Aroma mit geschlossenen Augen. Störtebecker kippte seinen Drink in einem Zug hinunter. In den Clubsesseln am Fenster unterhielten sich die beiden Großreeder der Stadt bei Single Malt und Obstbrand mit einem Grüppchen Spediteure. Die kesse Rothaarige am Büffet schlug die Zeit tot, indem sie kritisch den hellblauen Lack auf ihren Fingernägeln überprüfte.

«Mangold hat genügend Zeugenaussagen über den Mann und die Frau in diesem Lieferwagen, um Beck und Jensen festzunageln», sagte Störtebecker. «Daß er es bis jetzt noch nicht getan hat, hast du ganz allein mir zu verdanken. Die beiden saßen in dem Wagen mit dem toten Müller, und da hat die Soko eine Menge Fragen. In dem Tunnel hat es die beiden Toten aus dem Hubschrauber gegeben. Daß die Arbeiter des Bautrupps nur mit dem Schrecken und ein paar Prellungen davongekommen sind, war reines Glück. Aber weißt du, was eine Teermaschine kostet? Und ein Rettungshubschrauber?»

«Ich will nichts schönreden.» Jacobi stellte den Wein zurück. «Da sind ein paar Dinge außer Kontrolle geraten. Ich wäre dir dennoch sehr verbunden, wenn du mir Mangold vom Leib halten könntest. Und über einen Hubschrauber und eine neue Teermaschine für die Freie und Hansestadt Hamburg können wir reden.»

Störtebecker schluckte die Antwort hinunter, die ihm auf der Zunge lag. Jacobis Vermögen war groß genug, um alle

Haushaltslöcher der Stadt mindestens dreimal zu stopfen. «Die Toten aus dem Hubschrauber hatten ein paar halbgeschmolzene russische Münzen bei sich, deshalb habe ich dafür gesorgt, daß der Vorfall erst einmal vom Staatsschutz bearbeitet wird», sagte er. «Der Chef dort ist mir noch etwas schuldig. Mangold tobt natürlich.» Störtebecker knallte sein leeres Glas auf den Tisch. Das Geräusch ließ die Rothaarige zusammenfahren. «Und als ob das nicht alles schon reichen würde, tanzen unsere amerikanischen Freunde hier herum und wollen wissen, warum ein paar Leute hier ein verdammtes Action-Movie aufführen, als wäre diese Stadt irgendeine Bananenrepublik!»

Jacobi hob die Hände. «Pawel ...»

«Nein!» zischte Störtebecker, während er die Rothaarige im Auge behielt. Wahrscheinlich hatte sie ein Verhältnis mit irgendeiner Medienratte und plauderte alles aus, was sie hier hörte, bloß weil der Typ ihren G-Punkt kannte. «Ich sage: Schluß! Wenn ich bei dieser Sache von dir und deinem OMEGA-Team auch nur noch eine Nasenspitze sehe, vergesse ich, daß wir uns kennen. Oder ich vergesse mich ganz. Jensen und Beck halten sich zu unserer Verfügung. Ist das klar?»

«Ich werde es ihnen ausrichten.» Jacobi sah zur Messinguhr an der Stirnwand. «Sobald sie zurück sind.»

«Zurück? Woher?» Die Zornesader auf Störtebeckers Stirn schwoll an. Jacobi schwieg, aber das bedeutete überhaupt nichts. Störtebecker verfluchte sich, daß er Jacobi so gut kannte – und damit Jacobi auch ihn. «Sag was!» verlangte er.

«Wir hätten uns bei der Aktion wegen Müller mit euch absprechen müssen», sagte Jacobi. «Keine Frage. Aber du weißt ja, wie schwer so etwas mit Mangold zu regeln ist. Wenn wir unsere Erkenntnisse über Müller an ihn weitergegeben hätten ...» Jacobi hob die Schultern. «Im Grunde genommen waren es noch nicht einmal richtige Erkenntnisse. Eher vage Ansatzpunkte.»

«Aber wenn er etwas gewußt hat, dann werden wir es jetzt niemals mehr herausfinden», sagte der Innensenator. «Und im Fernsehen und in den Zeitungen wird es heißen, daß ich meinen Laden nicht im Griff habe. Die Geier in den Medien warten doch nur darauf, daß sie mir was anhängen können. Die werden einen Haufen alter Geschichten aus dem Archiv fischen und mit einem blöden Kalauer über meinen Vornamen einen Zusammenhang mit der Russenmafia andeuten.»

Jacobi nahm sein Glas. «Eurokiller.»

Störtebecker blinzelte. «Was?»

«Müllers letztes Wort.»

Der Innensenator fragte sich, was die Rothaarige da am Büffet jetzt gerade mit dem Kellner zu bereden hatte. Die beiden linsten zu ihm herüber, als sie bemerkten, daß er sie beobachtete. Er dämpfte die Stimme noch weiter. «Was soll das sein? Eine Terrorgruppe? Fanatiker? Sekte? Partei?»

«Möglich, daß es mit Engstfelds Geschäften zusammenhängt. Du weißt, welche ich meine.»

Störtebecker sank in seinen Sessel. «Nein. Weiß ich nicht.»

«Schirinski.»

Der Innensenator stieß die Luft aus. Jacobi holte eines der Fotos heraus, die Jensen von der MORGENPOST mitgebracht hatte. Störtebecker wischte es mit der Hand weg, sobald er einen Blick darauf geworfen hatte.

Jacobi lächelte sanft. «Engstfeld hat Geschäfte mit Schirinski gemacht, große Geschäfte. Du hast dich mit Schirinski getroffen. Dein Büro hat keine Presseinformation darüber herausgegeben.» Jacobi lächelte sanft. «Also: erleuchte mich!»

Die Erleuchtung kostete Jacobi einen von Störtebeckers halbamtlichen Vorträgen und einen Scheck für einen Hubschrauber und eine Teermaschine. «Schirinski ist ein Spinner.

Einer von der Sorte, die das Zeug zum Diktator haben. Das einzige, was er noch mehr liebt als Macht, Ruhm und Ehre, ist seine Tochter.»

Jacobi betrachtete die junge Frau auf dem Foto. Er tippte auf Alexandras Ohrring. «Laß Mangold einmal eine Vergrößerung davon herstellen. Vielleicht ist dies der gleiche Ohrring wie der im ATLANTIC.»

Störtebecker verkniff sich die Frage, woher Jacobi offenbar Einzelheiten aus den Spurenakten kannte. «Bei den Spinnern, die immer anrufen, war auch einer, der gesagt hat, daß man sich um einen Ohrring kümmern sollte.» Er rieb sich übers Kinn. «Aber Alexandra Schirinski war die ganze Zeit mit uns beim Essen.»

«Sie schon», Jacobi stand auf. «Aber scheinbar nicht ihr ganzer Schmuck.»

Störtebecker steckte den Scheck ein und bestand wegen der aktuellen Umstände darauf, seinen Whisky selbst zu bezahlen. Er warf erst einen Blick ins Dekolleté der Rothaarigen und dann einen auf die Rechnung. «Übrigens, draußen wartet der Hammer Gottes auf dich!»

Klinger packte den Schinken aus und grinste in das Kameraobjektiv, das ihm in Augenhöhe aus der Stahltür entgegenstarrte. Eine Weile passierte nichts. Aus dem Loft in der umgebauten Speicherhalle drangen ein paar Klänge KRAFTWERK. Klinger schwenkte den Schinken vor dem Kameraauge. Der Türsummer ging.

Drinnen empfing ihn Halbdunkel. Die Lamellen der Vertikaljalousien waren so eingestellt, daß die Stadtansicht dahinter wie eine Trickpostkarte wirkte. Außer ein paar Eimern Farbe hatte der Freak nicht viel darauf verwendet, um es sich in seiner Hamburger Absteige gemütlich zu machen, weil er ohnehin immer nur ein paar Tage hier verbrachte. Unter der Decke kreiste ein riesiges Mobile aus alten Brillengestellen. In den Blechregalen stapelten sich Computerbauteile aus allen Epochen der elektronischen Revolution. Der Freak saß an seinem Arbeitsplatz und starrte durch seine randlosen Gläser auf die drei Monitore vor sich.

«Was?» fragte er, ohne Klinger anzusehen.

«Lust auf einen kleinen Ausflug?» Klingers Stimme hallte von den Wänden zurück. Seinen Arbeitsplatz hatte sich der Junge aus einer alten Panzerglastür und ein paar stabilen Metallböcken gebaut. Um das Kabelverhau zwischen den Rechnern zu entwirren, hätte man eine Kettensäge gebraucht. Klinger legte den Schinken in den Lichtkegel der Niedervoltlampe. Der Freak kräuselte die Nase. «Schwarzwälder?»

«Vom feinsten», sagte Klinger. «Und er gehört dir.»

Der Junge sah auf. Er hatte die glatte Haut eines kerngesunden Collegeboys, dezent gebräunt und penibel rasiert. Ein silberner Ring klemmte in seinem linken Nasenflügel. «Wie kommst du mit der MADONNA zurecht?»

«Wir haben uns gerade erst kennengelernt.» Klinger erzählte, was er inzwischen mit der Lady angestellt hatte.

Der Junge roch an dem Schinken. «Also?»

«Ich bräuchte jemanden, der den Hasen spielt.» Er mußte dem Jungen nicht groß erklären, was er vorhatte.

«Warum willst du dich unbedingt strafbar machen?» Das Gesicht des Jungen verschwand aus dem Licht der Lampe. Auf einem der Monitore schaltete sich der Bildschirmschoner ein. Dollarnoten segelten über die Mattscheibe.

«Der Bär tanzt erst, wenn die Musik spielt.»

«Macht Sinn», meinte der Junge.

«Du siehst eindeutig zu viele Seifenopern.»

Der Junge grinste. «Okay. Sag mir, wann und wo. Ich werde dasein.»

Koslowski lehnte an dem eierschalenfarbenen Bentley auf dem Parkplatz des Überseeclubs und versuchte so auszusehen, als ob er hierhergehörte. Trotzdem sah der Wächter aus seinem Kabuff immer wieder mißtrauisch herüber. Koslowski konnte es ihm nicht verdenken. Sein Anzug war dreckig, auf der Schläfe klebte ein Riesenpflaster. Wenn er den Kopf schnell bewegte, schwappte sein Gehirn von einer Seite zur anderen.

Ein hochgewachsener Mann mit Dreitagebart kam aus dem Portal des Überseeclubs, steckte dem Parkplatzwächter im Vorbeigehen etwas zu und näherte sich dem Wagen.

«Jacobi?» Koslowski stemmte die Hände in die Hüften. «Victor Jacobi?»

Der Mann blieb stehen. «Ja?»

Koslowski zerrte einen Zettel aus der Jackentasche. «Sie sind mir was schuldig. Die Kerle von der Polizei haben mir gesagt, der Innensenator hätte gesagt, daß Sie sich darum kümmern würden.»

Jacobi starrte auf den Zettel. «Ein Lieferwagen, drei Dutzend Schmuckkerzen, eine Ladung Oblaten, fünf Kisten Meßwein und vier Beutel Weihrauch ... Verdienstausfall, Schmerzensgeld.» Er sah auf. «Verstehe.»

«Denn der Herr spricht: Du sollst Deinem Bruder nichts schuldig bleiben, wenn er Schaden genommen hat durch Dein Tun!»

«Hesekiel?»

Koslowski blinzelte verwirrt. «Mein Lieferwagen ist Schrott.»

Zu Koslowskis Überraschung zog Jacobi sein Scheckheft heraus. «Ich werde mir erlauben, den Betrag etwas zu erhöhen. Denn der Herr sagt: Was Du Deinem Bruder gibst, das gibst Du mir!» Er reichte ihm den Scheck.

Koslowski starrte auf die Zahl. Er schluckte. «Der Herr wird sich Deiner erinnern. Nichts für ungut.»

«He», sagte Jacobi, als Koslowski sich zum Gehen wandte.

«Ja?»

«Du sollst nicht sprechen mit den Worten des Herrn, die nicht die Seinen sind, auf daß Sein Zorn nicht auf dich niederkomme, weil du Sein Wort mißbrauchst für deinen eigenen Vorteil!»

Koslowski blinzelte. «Kenn ich nicht. Hiob?»

«Jacobi», sagte Jacobi. «Kapitel 1, Vers 1.»

SECHS

55° nördlicher Breite, 25° östlicher Länge von Greenwich,
15. November, 11.30 Uhr Bordzeit

Beck blätterte die Reiseunterlagen durch. Vielleicht war es schon etwas zwanghaft, daß er ihre Presseausweise, die Faxe mit der Interviewanfrage der Zeitschriftenredaktion an Schirinskis Parteibüro und die in einem miesen Englisch abgefaßte Bestätigung eines «Department of Press and Information» aus Moskau noch einmal kontrollierte. Und der Retter Rußlands, General Fjodor Jewgeniwitsch Schirinski, sah mit gespannter Erwartung dem Besuch entgegen.

Die Aeroflot-Maschine war kurz nach 10 Uhr von Hamburg gestartet und rüttelte sich mittlerweile durch den litauischen Luftraum dem russischen Hoheitsgebiet entgegen. In der ersten Klasse gab es Wodka und Kaviar, wie Beck auf seinem routinemäßigen Streifzug durch den Flieger gesehen hatte. Für die Economy-Paxe beschränkte sich der Service auf lauwarmen Kaffee und pappige Sandwiches.

Neben Beck klappte Jensen ihr Buch zu. Beck warf einen Blick auf den Umschlag. «Ich glaube, das kenne ich.»

«Mhh», machte Jensen.

«Ist da nicht so eine Stelle drin, wo zwei in einem Wagen vor einer Villa in Berlin sitzen, in der sich irgendwelche Geheimdiensttypen gegenseitig abknallen?»

Jensen nickte. «Gerade gelesen.»

«Ist nicht schlecht, das Buch», sagte Beck.

Die Stewardeß kam vorbei und räumte die Tabletts mit den Resten der Sandwiches weg.

«Ich glaube, die beiden in dem Buch fangen dann auch noch was miteinander an», meinte Beck nach einer Weile.

«Sicher?» Jensen runzelte die Stirn.

Beck zuckte mit den Schultern. «Kann auch sein, daß ich das mit einem anderen Buch verwechsele.»

«Also, das soll jetzt nicht etwa heißen, daß du was mir mit anfangen willst?»

«Nee», sagte Beck. «Wir verstehen uns ja auch so ganz gut.»

Jensen grinste. «Was soll das denn jetzt wieder bedeuten?»

«Ich meine, wir sind Kollegen. Ich würde nie was mit einem Kollegen anfangen.»

«Ich bin auch eine Frau», sagte Jensen. «Falls dir das bis jetzt entgangen sein sollte.»

«Nein», sagte Beck. «So meine ich das jetzt nicht. Ich meine, ich kann mich auf dich verlassen. Als Kollege. Ich respektiere dich.»

«Als Kollegin.»

«Ja.»

«Aber nicht als Frau, oder wie?»

«Mit Frauen ist das was anderes.»

«Anders als was?»

«Du weißt genau, was ich meine.»

«Nein, weiß ich nicht.»

«Ich meine, so eine Frau, wenn man mit der zusammen ist ...» Er starrte aus dem Fenster.

«Ja?» sagte Jensen. «Sprich dich ruhig aus.»

«Du weißt doch, wie Frauen sind», murmelte Beck. «Mal sagen sie so, dann wieder so.»

«Zickig», sagte Jensen.

«Dieses ganze Familienzeug. Zusammen frühstücken und in den Zoo gehen und zusammen einkaufen.»

«Und dann wollen sie auch noch Kinder.»

«Genau.»

Jensen sagte eine Weile nichts. Beck sah sich um. Die anderen Passagiere dösten in ihren Sitzen. «Irgendwie», sagte Beck, «habe ich das Gefühl, daß die Frauen einfach schlecht behandelt werden wollen.»

«Wieso das denn?»

«Wenn du ihnen nicht irgendwann mal sagst, wo es langgeht, dann denken sie, sie könnten sich alles rausnehmen, und tanzen dir auf der Nase rum.»

«Gut zu wissen», sagte Jensen.

«Nur damit wir uns verstehen», sagte Beck. «Damit du nicht denkst, daß ich was mir dir anfangen will.»

Jensen kippte ihren Sitz zurück.

«Das war interessant in dem Buch», meinte Beck nach einer Weile. «Die beiden sitzen da in ihrem Wagen und in dem Haus gibt es dieses Massaker, und die beiden da draußen können ganz genau auseinanderhalten, wer da wen umlegt, weil sie die Waffen am Schußgeräusch erkennen.»

«Es ist halt ein Buch», sagte Jensen.

«Du meinst, wir würden das nicht auseinanderhalten können? Wenn da jetzt einer mit einer Magnum an einen mit einer Browning gerät.»

«Na ja», meinte Jensen. «Magnum und Browning würde schon gehen.»

«Siehst du!» sagte Beck.

«Aber eine Walther und eine Sig Sauer, das geht wohl nicht», sagte Jensen. «Jedenfalls nicht auf die Entfernung.»

«Du könntest recht haben.» Beck überlegte. «Glock und Heckler und Koch?»

«Unwahrscheinlich.»

Beck sah aus dem Fenster. «Weißt du noch, welche Waffen die in dem Buch hatten?»

«Keine Ahnung. Es ist nur ein Buch.»

«Aber gut geschrieben.»

«Sicher.»

«Also!»

«Beck», sagte Jensen. «Ist dir langweilig?»

«Wieso?»

«Ich meine, du redest hier von Büchern und von Waffen und von Frauen …»

«Wir können auch von was anderem reden. Sag einfach was.»

«Was soll ich sagen?»

«Worüber wir reden sollen.»

Jensen gähnte. «Ich möchte eigentlich gar nicht reden, Beck. Nimm das nicht persönlich.»

«Nein. Nein, schon klar. Aber das hättest du doch gleich sagen können.»

«Ich wollte dich nicht verletzen.»

«Du hättest mich nicht verletzt.»

Sie machte die Augen zu. «Beck?!»

«Ja?»

«Mal von Kollege zu Kollege …»

«Ja?»

«Halt die Klappe!»

Hamburg, 15. November, 14.32 Uhr Ortszeit

Seit Jacobi Klinger kannte, zweifelte er daran, ob dieser kleine, drahtige Bursche die Dinge überhaupt ernstnahm. Klinger war mit Videogames und Computern groß geworden und schien irgendwo zwischen virtueller und realer Welt zu leben. Vielleicht bin ich für ihn auch nur irgendein Avatar, überlegte Jacobi, während Klinger sich auf den Hack vorbereitete. Ein Kunstwesen aus einer Welt, die nur als Sammlung von Daten irgendwo auf einem Server existierte.

Klinger schloß die MADONNA an das OMEGA-LAN an, das er seinerzeit als Teil des Unternehmensnetzwerkes von

Jacobis Firmen aufgebaut hatte. Seine Augen leuchteten, als die ersten OKAY-Meldungen auf dem Bildschirm erschienen. Jacobi wanderte zu dem Glastisch in der Besprechungsecke. Der Château de Singleyrac, den er vor einer Stunde dekantiert hatte, entfaltete inzwischen sein ganzes Aroma. Er goß sich ein Glas ein. «Sie auch?» fragte er.

Ohne aufzusehen, schüttelte Klinger den Kopf. «Aber wenn Sie ein bißchen Musik haben?»

Jacobi sah die CDs bei der HiFi-Anlage durch und überlegte, was Klinger wohl bevorzugte, bis er sich an das Muzak-Geklimpere erinnerte, das meist aus den Kopfhörern seines Walkmans klang. Er legte Brian Enos «Music for Airports» ein.

«Haben Sie das als Kind auch mal gemacht?» fragte Klinger, während er auf dem Handy den Freak anrief. «Klingelmännchen. Klingeln und abhauen.»

Noch während Jacobi überlegte, was er ihm damit sagen wollte, sagte Klinger «Los geht's!» ins Handy, unterbrach die Verbindung und konzentrierte sich auf seine MADONNA. Wenn er Klingers euphorische Erklärungen richtig gedeutet hatte, dann hatte das Gerät ungefähr die gleiche Rechenleistung wie ein ganzes Datenverarbeitungszentrum.

«Im Grunde genommen», murmelte Klinger, während er seine Befehle eintippte, «ist das hier wie Klingelmännchen. Der Kollege schellt vorn an der Tür und rennt weg. Und während die da drin sich fragen, was der Scheiß soll, schieben wir hinten unser Pferd rein.»

Jacobi trank einen Schluck. Er spürte, wie sich Klingers Spannung auf ihn übertrug. In seiner Jacke fand er noch eine Cohiba und zündete sie sich mit einem Kaminstreichholz an. «In der Zeit, in der der Kollege jetzt gerade versucht, den Homebanking-Zugang von Engstfeld & Engstfeld zu hacken, haben sie nicht mehr genug Systemressourcen, um die anderen Bereiche in dem gewohnten Maß zu schützen.» In einem Bildschirmfenster rollten Zahlenkolonnen vorbei. «Somit gibt es eine Sicherheitslücke, in die ich meine Pings reinschleusen kann.»

Soweit Jacobi verstand, waren diese Pings kleine Datenpakete, die sich die Rechner in einem Netz zur Kontrolle zuschickten. «Normalerweise ist in so einem Ping nichts drin», grinste Klinger. «Aber mit einem bißchen Geschick kann man es aufbohren und was reinprogrammieren.»

Sein Handy klingelte. Er nahm das Gespräch an, sagte nur «Ja!» und «Guten Appetit!» und unterbrach die Verbindung. «Alles klar am Vordereingang», meldete er in Jacobis Richtung. «Der Systemoperator in der Bank ist jetzt wohl mächtig stolz, daß er es dem Hacker, der da beim Kundenzugang reinwill, so richtig zeigen kann.» Auf seinem Bildschirm baute sich ein Logo auf. Bankhaus Engstfeld & Engstfeld. «Und wir», grinste Klinger zufrieden, «sind drin.»

Er tippte etwas ein. Jacobi war hinter ihn getreten. Ein Monitorfenster füllte sich Zeile um Zeile mit wirren Buchstabenkombinationen, in einem anderen liefen die Kolonnen des Maschinencodes durch.

Ohne den Blick vom Bildschirm zu nehmen, langte Klinger hinter sich. Jacobi drückte ihm automatisch sein Weinglas in die Hand. Klinger leerte es in einem Zug und schüttelte sich. «Was ist das denn für ein Zeug? Haben Sie kein Mineralwasser?»

Jacobi holte ihm eine Flasche Berndorfer Eifelquelle aus dem Kühlschrank. Klinger setzte sie an – und dann langsam wieder ab. Eine Meldung blinkte.

«Scheiße», sagte er dann. «Sie haben intern noch mal alles verschlüsselt!»

Weil auf Scheremetjewo erst die Landebahn hatte enteist werden müssen, war die Aeroflot-Maschine mit einer halben Stunde Verspätung gelandet. Beck drängte sich hinter Jensen durch die Einreisekontrolle. In der Ankunftshalle war die Heizung ausgefallen, und die Angestellten der Fluggesellschaften hockten in Winterjacken und mit Fellkappen auf dem Kopf hinter ihren Schaltern. Der Grenzbeamte stempelte mit klammen Fingern die Einreise in ihre Pässe und vergaß sogar nach dem Zweck ihres Besuches zu fragen, als er die grünblaue Euronote in ihren Ausweispapieren entdeckte.

Während Jensen sich um das Gepäck kümmerte, trabte Beck fröstelnd am Wechselbüro und den Toiletten vorbei. An den Türen verkündete ein Schild in makaberem Englisch, daß alles eingefroren war und man die Klos in der Bar nebenan benutzen sollte. Vor dem Transitbereich drängten sich die Passagiere für den Anschlußflug nach Ulan Bator, um ihre Essensmarken abzuholen, mit denen die Aeroflot ihnen die 20 Stunden Wartezeit versüßte. Wer sich das Taxi in die Stadt und ein Hotelzimmer für die Nacht nicht leisten konnte, campierte mit Isomatte und Schlafsack im Wartebereich.

Beck stieß die Tür nach draußen auf und fuhr zurück, als ihn der eiskalte Wind ins Gesicht schnitt. Ein Grüppchen Pauschalreisender schob sich, dick eingemummelt in Pelzkragen und Fellmänteln, an ihm vorbei zu einem Kerl mit einem Hotelschild. An der Ecke schenkte ein Mütterchen mit rotem Kopftuch Tee in winzigen Gläsern an die Wartenden aus. Die Taxis in der Schlange sahen teilweise zum Gotterbarmen aus. Ein kleiner Typ in Lederjacke und Fellmütze winkte Beck zu seinem Wagen. «Taxi, Mister?»

Beck reagierte nicht. Jacobi hatte gesagt, daß er einen Kontakt für sie arrangieren würde. Neben ihm setzte Jensen die Reisetaschen ab. Ihr schien die Kälte nichts auszumachen.

«Du wirst ja ganz blau im Gesicht», sagte sie zu Beck.

Der Taxifahrer schnappte sich die Taschen. «Taxi für Herrn Beck und Frau Jensen», erklärte er in passablem Deutsch. «Mister Jacobi hat mir Ihre Beschreibung gefaxt.» Er kippte das Gepäck in den Kofferraum, schlug den Deckel zu und verknotete einen Strick um den Griff. «Großer Mann und kleine Frau.»

«Mein Gott», sagte Beck, als er zu Jensen in den Wagen kletterte. «Ich dachte, Jacobi würde nur mit Profis zusammenarbeiten.»

Jensen schnatterte inzwischen doch vor Kälte. «Never judge a book by its cover!»

Das Taxi hatte eindeutig schon bessere Tage gesehen, und der Fahrer erwies sich auf der Strecke zur Stadt als einer von der schweigsamen Sorte. Im Wagen roch es nach sterbendem Sozialismus und dem Zitronendeo, das der Duftbaum am Rückspiegel verströmte. Beck döste in seiner Ecke, während Jensen dem Fahrer über die Schulter spähte. Seine schmalen Augen und die hohen Wangenknochen ließen auf einen gehörigen Schuß Mongolenblut in seinem Stammbaum schließen. Am Armaturenbrett pappte eine kitschige Ikone der Mutter Gottes neben dem Emblem der Gesellschaft für deutsch-sowjetische Freundschaft.

Alles, was Jensen von Moskau zu sehen bekam, war ein wehmütiger Abglanz der vergangenen großen Zeit – verschneite Prospekte mit stalinistischer Prachtarchitektur, deren Verfall auch durch die Werbetafeln für internationale Softdrinks und Hamburgerketten nicht kaschiert werden konnte. Auf den Fahrstreifen der Krasnokave drängte sich ein Sammelsurium aus Westlimousinen, angejahrten Zils, klapperigen Moskwitsch-Modellen und aufgemotzten Straßenkreuzern. Sogar einen Trabant machte Jensen aus, als sie an einer Ampel hielten. Für einen Augenblick war sie versucht, dem dicklichen Typ hinterm Steuer der Rennpappe aus reiner landsmannschaftlicher Verbundenheit ein Lächeln zu schenken. Sie wollte das Fenster auf ihrer Seite herunterdrehen, doch ihr Versuch führte nur dazu, daß sie die Kurbel in der Hand hielt.

«Ist kaputt», sagte der Fahrer, ohne den Blick von der Straße zu nehmen – was angesichts der von hinten heranschießenden Kolonne aus einem Dutzend Volvos und Saabs eine kluge Entscheidung war. Der Konvoi preschte hupend vorbei und kümmerte sich nicht um die Wagen, die er dabei von der Straße drängte. Beck blinzelte. «Was war das denn?»

«Prominenz», sagte der Fahrer. «Oder wenigstens welche, die sich dafür halten.»

Jensen musterte den Mann. Der Fahrer grinste. «Karlshorst», sagte er. «Bis dann alles den Bach runtergegangen ist.»

«Offizier?» fragte Jensen, obwohl sie sicher war, daß der Mann nie eine Uniform getragen hatte.

«Offizier!» Der Fahrer verzog die Lippen. «Selbst wenn ich einer gewesen wäre, würde ich mich schämen, es zuzugeben. Die Armee! Alles korrupte Parasiten. Klammern sich an die Siege und Orden ihrer Großväter, damit sie die Scheiße nicht sehen müssen, in der sie stecken.»

Die Fassaden der Geschäftshäuser wurden moderner, nur gelegentlich durchbrach ein sorgfältig renoviertes altes Gebäude die Häuserfront aus Marmor, Stahl und Glas. Hier gab es auch keine Bettler mehr, die die Fußgänger an den Ampeln anschnorrten. Nur die Großmütter in ihren glockenförmigen Mänteln hockten mit ihren Samowars wie dampfende Teekessel auf dem Trottoir. Drahtige Gestalten in Allwetterjakken und mit bunten Baretten bewachten die Büros und Läden.

«Woher kennen Sie Jacobi?» wollte Beck wissen.

Der Fahrer zuckte mit den Schultern. «Ich arbeite am freien Markt. Ich bin ihm empfohlen worden.»

«Sie kennen ihn gar nicht richtig?»

«Wer kennt einen anderen schon wirklich?» Der Fahrer lachte und rieb über die Schulter zwei Finger aneinander. «Aber so, wie ich Ihren Jacobi kennengelernt habe, scheint er in Ordnung zu sein.»

Sie passierten Boutiquen und Juweliere, die auch in Hamburg, New York oder Kapstadt ihre Filialen besaßen. Ein Chauffeur mit Mütze und weißen Handschuhen hielt einer Lady in Kaschmir den Wagenschlag auf, damit sie ihre Einkäufe im Fond ablegen konnte. An der nächsten Ecke grüßte ein überlebensgroßer Schirinski von einem Plakat. Jensen versuchte im Vorbeifahren die kyrillischen Schriftzeichen unter dem Bild zu entziffern. Der Retter Rußlands. Eure Kraft ist seine Stärke.

Auf der Moskwa-Brücke staute sich der Verkehr. Der Fahrer ließ den Motor im Leerlauf weitertuckern, während er am Radio herumdrehte. Tekkno und russisches Rap-Gestammel plärrten aus dem Lautsprecher. Der Fahrer drehte weiter, bis er einen Sender fand, der Klaviermusik brachte. Jensen erkannte Tschaikowsky. Nach zehn Minuten hatten sich die drei Trucks und ein Omnibus über die Brücke gequält, und es ging weiter. Rechts huschte das Hotel Moskwa vorüber, der Fahrer kurbelte am Lenkrad, um den Wagen ohne Rücksicht auf den Gegenverkehr nach links zum Hotel Intourist hinüberzubringen. Der Bettenturm war die einzige Unterkunft im Zentrum gewesen, in dem Klinger online noch kurzfristig zwei Zimmer mit einer akzeptablen Ausstattung hatte buchen können.

«Wenn Sie Unterstützung brauchen», sagte der Fahrer, als er ihr Gepäck aus dem Kofferraum holte, «rufen Sie an.» Er fingerte eine schmierige Visitenkarte aus seiner Jackentasche.

Jensen warf einen Blick auf die Karte. «Gonschorek?»

«Irgendein Uronkel von mir ist mal aus Königsberg an die Wolga gekommen.»

Beck nahm ihm seine Reisetasche und den Fotokoffer mit der Digitalkamera aus der Hand. «Und da profitieren Sie nicht von unserem großzügigen Rückführungsprogramm?»

Gonschorek zuckte mit den Schultern. «Ob Sie's glauben oder nicht – mir gefällt es hier.» Er wühlte im Kofferraum und meinte leise: «Kommen Sie her.»

Beck trat zu ihm. Gonschorek zerrte einen abgestoßenen Lederkoffer unter einer Plane hervor und ließ den Deckel aufschnappen. «Bedienen Sie sich. Ist alles im Fahrpreis mit drin.»

Beck winkte Jensen heran und inspizierte Gonschoreks Waffenkammer. Eine 92er SB-Version der Beretta, einen etwas ramponierten .45er Colt Combat Commander Automatic mit Walnußkolben. Eine Combat Magnum und ein Model 15 Combat Masterpiece Kaliber .35 von Smith & Wesson.

Gonschorek räumte die oberste Lage zur Seite. «Ich vermute, Sie gehen auf Großwild.» Er fischte eine Smith & Wesson Model 29 Kaliber .44 heraus und drückte sie Beck in die Hand.

Jensen entschied sich für eine angekratzte 9 mm Heckler und Koch Parabellum aus dem Waffenladen und schob sie sich in den Rücken. «Munition?»

Gonschorek wühlte sich durch einen Stapel Plastiktüten, in denen es klimperte, und drückte dann Beck und Jensen je eine in die Hand. «Wenn ihr noch etwas braucht: Handgranaten, Flammenwerfer, Panzerfaust, Stalinorgel – Anruf genügt.» Er zurrte den Kofferraum zu und trabte zur Wagentür. Ehe er einstieg, drehte er sich noch mal um. «Ach ja: Willkommen in Moskau!»

Klinger spürte die Erregung der Lady unter seinen Fingerspitzen, und das, obwohl auf dem Display der MADONNA nur ein Statusbalken gemächlich nach rechts kroch. Jeder Bruchteil eines Millimeters stand für Tausende von Rechenoperationen, mit denen sich das Entschlüsselungsprogramm an den Daten aus dem Zentralrechner von Engstfeld & Engstfeld versuchte. Seine Freude über die Perfektion des Hacks war längst jener euphorischen Nervosität gewichen, die ihn als Kind immer in den Tagen vor Weihnachten ergriffen hatte. Wenn er die Geschenkpakete gefunden hatte, meist auf dem Schlafzimmerschrank oder in dem Verschlag auf dem Dachboden, dann hatte er davorgesessen und gerätselt, was wohl darin war. Sich an der liebevollen Verpackung seiner Mutter zu schaffen zu machen, hatte sich von selbst verboten. Also hatte er sich auf ein deduktives Verfahren verlegt. Er maß die Kantenlängen, prüfte das Gewicht, lauschte, wie der Inhalt beim Schütteln klapperte, und prüfte mit den Fingerspitzen, ob es sich um eine stabile Plastikverpackung oder eine simple Pappschachtel handelte. Seine Ergebnisse trug er ordentlich in sein Mathematikheft ein, glich die Daten mit seinem Wunschzettel ab und konnte am Ende mit einer achtzigprozentigen Wahrscheinlichkeit erschließen, was in dem Paket steckte, und trotzdem bis zur Bescherung dieses neugierige Kribbeln im Magen genießen.

Er nippte an seinem Mineralwasser. Jacobi saugte an seiner Cohiba, ein deutliches Zeichen dafür, daß auch er nervös war. Der Rauch kräuselte sich durchs Halbdunkel zur Decke. Die Festplatte der MADONNA surrte kaum hörbar. Da die Zeit drängte, hatte Klinger sich für BRUTE FORCE entschieden. Das Entschlüsselungsprogramm war keine Meisterleistung der Programmiertechnik, sondern nur ein simples Modul, das alle möglichen Zeichenkombinationen am Zugang ausprobierte. Aber zusammen mit der unerhörten Geschwindigkeit der MADONNA würde es funktionieren. Der Statusbalken auf dem Display war jetzt fast voll. Der DUDEN war offenbar doch keine so gute Idee gewesen. Aber dann blinkte es auf einmal, und ein Fenster öffnete sich. Password lautet: MARIAN.

«Natürlich.» Jacobi war hinter Klinger getreten. «Engstfelds Frau heißt Marianne.»

Klinger seufzte und verfolgte die Dateiliste, die über den Schirm rollte. «Kontendaten», stellte er fest.

Jacobi saugte an seiner Zigarre. «Können Sie sie lesen?»

«Klar.» Klinger kannte Jacobis Schwäche für die Geheimnisse anderer Leute. Wenn es etwas mit Richtmikrofonen, Videoüberwachung oder Datentransfers auszuspionieren gab, war er wie ein kleines Kind. Klinger öffnete die passenden Programme und rief die ersten Kundenkonten auf. Die Frau des Innensenators hatte es letzten Monat fast geschafft, ihre Goldcard auszureizen. Klinger grinste, neben ihm ließ Jacobi ein zufriedenes Grunzen hören. «Störtebecker hat eben schon immer den Luxus geliebt!» sagte er. «Suchen Sie nach russischen Verbindungen!»

Klinger markierte eine Spalte und schlüsselte sie mit einem Mausklick auf. «Insgesamt 140 Millionen Euro von Engstfelds Niederlassung in Moskau.» Für sich betrachtet war der Fluß der Gelder eine ziemlich prosaische Angelegenheit. Die Summen waren immer in Tranchen von rund zwanzig Millionen aus Moskau gekommen und nach telegrafischer Überweisung oder über Akkreditive weitergeflossen. Klinger sah sich die Empfänger an. «Industriebetriebe. Spanien, Belgien, Deutschland.»

Jacobis Cohiba schoß nach vorn. Klinger fürchtete schon um das LCD-Display. «Waffen.» Die Zigarrenglut umkreiste ein paar Firmennamen. «Handfeuerwaffen. Automatische Waffen, panzerbrechende Waffen, Panzerabwehrraketen.» Die

Zigarrenspitze verharrte. «Wem gehört dieses Konto in Moskau, von dem das Geld kommt?»

Klinger brauchte eine Weile, bis er der Kontonummer einem Namen aus der Kundenliste zuordnen konnte. «Partei zur Rettung Rußlands.»

«Schirinski», sagte Jacobi.

«Komisch», meinte Klinger, während er die Anzeige studierte.

«Was?»

«Das ist alles Bargeld gewesen, das Schirinski da bei Engstfeld eingezahlt hat. Hier. Schlüsselnummer B17. Bargeldeinzahlung in Euro.»

«Eurokiller», sagte Jacobi, um sich gleich darauf zu fragen, ob er damit nicht bloß einen Denkfehler beging, der auf einer rein semantischen Ähnlichkeit beruhte. Schließlich gab es auch Euroland, Euro-Disney und den Euro-Stoxx. Er bat Klinger, die Daten auszudrucken, damit er sie sich noch einmal in Ruhe ansehen konnte. Der Drucker hatte gerade die ersten Seiten ausgeworfen, als ein rotunterlegtes Fenster auf Klingers Bildschirm meldete: «Abgleich beendet!»

«Feinfein!» Klinger drückte eine paar Tasten und wandte sich zu Jacobi. «Das waren die Passagierlisten aus Fuhlsbüttel», sagte er und studierte die Tabellen auf dem Bildschirm. «Hier, da haben wir die Passagierliste von Schirinskis Ankunft und hier die seines Rückfluges. Nicht mit zurückgeflogen sind ...» Sein Finger glitt die Spalte hinunter. «Gregorij Mawrodow, Alexejew Grenardij und Vladimir Maximow ...» Er wechselte zu einem anderen Fenster. «Das Suchprogramm hat die Namen mit den Passagierlisten der Flüge abgeglichen, die seit gestern ab Hamburg abgegangen sind ...» Seine Fingerspitze verharrte. «Hier. Vladimir Maximow ist einen Tag später zurückgeflogen. Alleine. Zwei reservierte und gebuchte Plätze in dem Flug sind nicht wahrgenommen worden.»

«Das paßt», sagte Jacobi.

Klinger griff nach dem Mineralwasser und leerte die Flasche. Dann wühlte er in einem Stapel Computerausdrucke. «Außerdem ist noch das hier gekommen.» Er zog ein Blatt heraus. «Eine Mail von einem Banknotensammler wegen der Euro-Seriennummern aus dem Hotel. Aus den Ziffern lassen sich Druck- und Ausgabeort ermitteln. In unserem Fall stammen die Scheine aus der spanischen Nationaldruckerei in Madrid.»

Jacobi runzelte die Stirn. «Und was ist daran Ungewöhnliches?»

«Nichts, was Madrid betrifft, das habe ich mit meinem Baby überprüft.» Klinger streichelte über den Bildschirm. «Nur – die Ausgabe dieser Serie ist erst für nächsten Monat vorgesehen und noch gar nicht gedruckt.»

SIEBEN

Moskau, 16. November, 11.47 Uhr Ortszeit

Schirinskis Parteibüro lag in einer heruntergekommenen Straße am Rand der Innenstadt. Becks Blick streifte die düsteren Fassaden der Mietskasernen, als er mit Jensen aus dem Leihwagen kletterte. Es roch seltsam. Dann fiel es ihm wieder ein: Dunkeldeutschland, vor dem Mauerfall. Die Mischung aus schlechter Braunkohle, Desinfektionsmitteln und ungefiltertem Zweitaktgemisch. Er warf einen Blick auf die Hausdächer. Putz bröckelte an allen Ecken. Auf der Straße lagen festgefrorene Abfallberge. Die Stadtreinigung schien ihre Arbeit schon vor Monaten eingestellt zu haben. Die Platten auf dem Weg zur Parteizentrale waren brüchig, einige fehlten ganz. Vorsichtig balancierten sie über die Löcher und Eisbuckel auf den Eingang zu. Sofort kamen zwei Kerle von Schirinskis Leibgarde angestiefelt. Vor dem Eingang lungerten noch mindestens ein halbes Dutzend der Phantasieuniformen herum, mit denen der Retter Rußlands seine Leute ausgestattet hatte.

«Journalista!» Beck präsentierte seinen Presseausweis und die Einladung. Die Leibwächter beäugten zuerst die Papiere und dann Jensens Busen unter ihrer halboffenen Felljacke. Ein Windstoß trieb einen Karton über die Straße. Die Posten hantierten mit ihren Walkie-Talkies. Jensen klaubte ihr Russisch zusammen, um ihnen klarzumachen, daß sie einen Termin mit Schirinski hatten.

Als endlich über Funk das Okay gekommen war, wurden sie durch einen Metalldetektor ins Haus eskortiert. Innen glänzte alles wie neu. Über eine geschnitzte Holztreppe ging es in die zweite Etage. Oben spannte sich ein rotes Transparent über den Gang. «Tritt ein und rette Rußland», übersetzte Jensen leise. Aus den Büros drang das Klappern von Tastaturen und das Piepen von Handys. Neben jeder Tür hing Schirinskis Konterfei in einem Goldrahmen.

Beck fiel auf, daß keiner hier in der Parteizentrale älter als dreißig zu sein schien. Die Männer waren entweder durchgeistigte Intellektuelle mit schwarzen Metallbrillen oder Kraftpakete wie ihre beiden Begleiter. Die Frauen trugen ein Selbstbewußtsein zur Schau, wie Beck es nur bei den Mossad-Instrukteurinnen erlebt hatte, die ihm während seiner Zeit in der GSG 9 ihre Nahkampftricks beigebracht hatten.

Der Retter Rußlands hatte sein Büro am Ende des Ganges. Es war mehr ein Saal als ein Arbeitszimmer. Die Wände waren mit Stoff bespannt, antike Möbel standen neben einer schweren Ledercouch, eine Wand war mit Palisander verkleidet. Auf einem Designer-Schreibtisch türmten sich zwischen Computerbildschirm und Satellitentelefon Berge von Papier. Auf dem Seidenteppich lag ein dunkler Schonläufer mit den ausgetretenen Spuren der Bittsteller, Bewerber und Befürworter, denen der Retter Rußlands sein Ohr und seine Aufmerksamkeit geschenkt hatte.

Schirinski fuhr sich durch die blonde Mähne und stand auf, um Jensen und Beck zu begrüßen. «Sie sind willkommen!» erklärte er. «Jeder, der sich für meinen Kampf interessiert, ist mir willkommen.»

«Ihr Deutsch ist hervorragend!» Jensen ließ sich von Schirinski aus der Felljacke helfen. Einer der Bodyguards stürzte heran, um sie ihm abzunehmen, der andere rückte Sessel und Intarsientisch zurecht. Beck hantierte mit seiner Digitalkamera herum, warf einen Blick durch den Sucher und drückte auf den Auslöser. Ihre Eskorte bezog neben der Tür Posten. An ihren Schulterriemen baumelten guterhaltene Uzis, und Beck bezweifelte keinen Augenblick, daß sie auch damit umgehen konnten. Er fühlte sich ein wenig nackt, weil er seine Neuerwerbung aus Gonschoreks Waffenshop im Hotel gelassen hatte.

Jensen plazierte ihr Diktiergerät auf Schirinskis Papieren. «Der Retter Rußlands braucht Leibwächter?»

«Das alte, korrupte und von Grund auf verfaulte System würde mich lieber tot als lebendig sehen.» Er setzte sich in Positur, als Beck die Kamera auf ihn richtete. «Sie sehen ja selbst, was sie aus unserem ruhmreichen Rußland gemacht haben. Die Leiden dieses Landes müssen einmal zu Ende sein. Wir haben Jahrzehnte der Diktatur ertragen, danach eine verweichlichte Marionette des westlichen Imperialismus und am Ende noch einen Säufer, der uns überall blamiert hat. Ich sage: Das ist genug – und Rußland wird mir recht geben, wenn es demnächst wählt. Wir werden eine neue Ordnung schaffen, eine wirkliche Ordnung.» Sein Blick ruhte wohlwollend auf dem mannshohen Zarenporträt an der Stirnwand. Jensen folgte seinem Blick. «Iwan der Große», sagte Schirinski. «Bei Ihnen besser als Iwan der Schreckliche bekannt. Aber das ist eine ganz falsche Ansicht. Wie überhaupt vieles, was Sie im Westen über uns zu wissen glauben.»

Beck lehnte sich unter den skeptischen Blicken der Bodyguards an die Wand und schoß noch ein paar Bilder von Schirinski. Jensens Miene war undurchdringlich: «Sie sprechen von Wahlen, mon general?»

Schirinski ruckte nach vorn. «Natürlich.»

«Warum Wahlen, wenn Rußland ohnehin hinter Ihnen steht?» Jensen überzuckerte die Frage mit einem netten Lächeln. Beck zuckte zusammen. Verdammt, wo blieb ihre diplomatische Ader?

Der Retter Rußlands hatte sich gut im Griff. «Das Volk», sagte er, «weiß, wer die Kraft hat, um es zu neuem Stolz zu führen.» Er langte nach Jensens Diktiergerät und schaltete es aus. «Wir sollten unser Gespräch an einem anderen Ort fortsetzen.»

Jensen hob eine Augenbraue. Schirinski schnippte mit den Fingern. In die Bodyguards kam Bewegung. «Meine Wagen!»

Victor Jacobi saugte an seiner Zigarre. Sie brannte zu stark, der Rauch war bitter. Elisabeth trat hinter seinen Sessel und legte ihm die Hand auf die Schulter. Jacobi wandte den Kopf. «Ich war mit Reka einkaufen!» sagte sie.

Das Mädchen stand in der Tür, mit geschnittenen Haaren und in neuen Jeans. Von ihrem Sweatshirt grüßte Käpt'n Blaubär. Jacobi vergaß für einen Moment das Iridium-Handy auf dem Beistelltisch, über das er mit Jensen und Beck in Moskau Kontakt hielt. «Gut siehst du aus!» sagte er zu Reka.

Das Mädchen kam näher. Ihre neuen Turnschuhe quietschten auf dem Parkett. Jacobi entdeckte einen seltsamen Ausdruck in Elisabeths Blick, mit dem sie Reka betrachtete. Zweifel stiegen in ihm auf, ob die Entscheidung, die sie nach der Hochzeit getroffen hatten, wirklich richtig gewesen war. Plötzlich erschien ihm die Nachgiebigkeit, mit der Elisabeth akzeptiert hatte, daß er keine Kinder wollte, in einem ganz anderen Licht. Vielleicht war sie nur darauf eingegangen, um ihn nicht zu verlieren. Reka drückte sich an Elisabeth. «Sie kommt aus Grosny», sagte Elisabeth. «Das Rote Kreuz hat sie ausgeflogen, über Moskau. Da ist sie zum ersten Mal weggelaufen. Jemand hat sie wieder eingefangen und nach hier verkauft, an ein kinderloses Ehepaar. Sie war für ein paar Wochen bei ihnen in Reinbek. In einer gelben Villa, sagt sie. Da ist sie auch wieder weg und hat sich hier am Bahnhof herumgetrieben.»

«Ich will zurück», sagte Reka.

«Gefällt es dir denn hier nicht?» Jacobis schlechtes Gewissen meldete sich und fragte, warum die Kleine nicht hier bleiben wollte. Als ob sein Haus nicht gut genug wäre.

«Ich habe mit dem Jugendamt gesprochen», erklärte Elisabeth. «Für die nächsten Wochen kann sie hier in Pflege bleiben.»

Das Telefon auf seinem Schreibtisch vorm Fenster klingelte. Elisabeth ging hinüber und nahm ab. Jacobi lächelte Reka an. Ihr Gesicht blieb unbeweglich. Er streckte ihr die Hand entgegen. «Victor!»

Sie kam ein bißchen näher. Ihr Blick war abschätzend. Jacobi massierte die Stelle an seinem Oberschenkel, wo sich wieder einmal der Peilsender mit einem leisen Pochen bemerkbar machte.

«Soll ich dir einen blasen?» fragte sie.

Jacobi starrte sie an.

«Nein», sagte Elisabeth vom Schreibtisch her. «Sollst du nicht!» Sie hielt Jacobi den Hörer hin. «Der Innensenator. Dringend!»

Jensen zerteilte den Zander auf dem goldumrandeten Teller mit der Präzision einer Chirurgin, ehe sie das im Kräutersud gedämpfte Filet auf die Gabel spießte. Wer nicht, wie Beck, wußte, daß sie sich am liebsten von Big Macs und Bergen fettiger Pommes frites ernährte, hätte meinen können, sie sei von dem Luxusmenü wirklich begeistert, das Schirinski hatte auffahren lassen.

Das Restaurant im Haus des ehemaligen Schriftstellerverbandes der Russischen Föderation prunkte mit Kristallüstern, mit Marmorsäulchen und vergoldeten Kapitellen, schweren Teppichen und edlem Porzellan. Von seinem Platz aus dirigierte ein pomadiger Saalchef ein Bataillon drahtiger Kellner. Beck fuhr zusammen, als von hinten eine manikürte Männerhand nach seinem Teller langte. Ein Schwall Moschusduft umhüllte ihn.

«Pardon!» Der Kellner zuckte zurück, als ihn Schirinskis Blick traf. Der General und Gasmanager thronte am Kopf der Tafel. Zwei Bodyguards in dunklen Anzügen, weißem Hemd und Fliege flankierten Beck und Jensen. Sie hatten die beiden Saabs gefahren, mit denen Schirinski sie hergebracht hatte, und konnten mit Messer und Gabel essen, was Beck bei den beiden Uniformierten bezweifelte, die neben dem Restauranteingang Posten bezogen hatten. Daß die beiden ihre Uzis mitgebracht hatten, schien hier niemand besonders zu stören. Schirinski fixierte Jensens Diktiergerät zwischen Rot- und Weißweinglas. «Ich verspreche Ihnen, daß Rußland schon bald wieder eine Nation ist, auf die Westeuropa und Amerika nicht mehr herunterschauen können. Wir haben uns lange genug demütigen und mit den milden Gaben abspeisen lassen, die uns die westlichen Banken und Ihre Industrie hingeworfen haben. Rußland wird ...»

«... wieder zu einer Bedrohung für uns?» Jensen hatte ihren Zander kaum beiseite geschoben, als er auch schon abgetragen wurde. «Oder wie sollen wir das verstehen?»

Beck stocherte in seinem Bœuf Stroganoff herum und behielt den Eingang im Auge. Kellner mit schweren Vorlegeplatten huschten durch sein Blickfeld, der Sommelier balancierte eine angestaubte Weinflasche zu einer Clique englischer Film-Yuppies in schwarzen Schlabberanzügen, die am Fenster Borschtsch löffelten und über ihr neuestes Action-Movie beratschlagten. Die Gesellschaft stämmiger Herren am Nebentisch hielt sich lieber an Wodka.

Die Pendeltür zum Kücheneingang klappte hinter dem Saalchef zu. Zwei Kellner, die Beck an Laurel und Hardy erinnerten, balancierten Teller mit silbernen Abdeckhauben an dem Zerberus vorbei. Der Dicke war fast einen Kopf größer als sein schmaler Kollege mit dem naiven Gesichtsausdruck. So, wie sie ihre Teller schleppten, konnten sie den Job noch nicht lange machen. Als Beck den verwirrten Blick des Saalchefs bemerkte, war ihm klar, daß es hier gleich ein großes Problem geben würde.

Er brüllte «Jensen!», und im gleichen Moment, in dem er sich unter den Tisch warf, ließen Laurel und Hardy ihre Teller fallen und zogen ihre Waffen.

Neben Beck schoß Schirinskis Bodyguard in die Höhe und wurde von dem ersten Schuß aus Laurels Waffe zu Boden gerissen. Tokarew, schätzte Beck. Hardy verließ sich lieber auf die beiden 38er Brownings, die fast in seinen Patschhänden verschwanden. Er schwang herum und hatte die beiden Uzi-Wächter am Eingang ausgeschaltet, ehe sie überhaupt begriffen, was passierte.

Becks Puls hämmerte. Laurel glitt mit vorgestreckter Waffe heran, feuerte auf den zweiten Bodyguard und visierte Schirinski an. Während Beck nach der Waffe des toten Leibwächters neben sich langte, schoß Jensen in die Höhe und warf sich auf den Retter Rußlands. Laurels Kugel bohrte sich ins seidenbespannte Wandpanel. Schirinskis Bodyguard war mit einem Steckschuß im Hals über dem Tisch zusammengesackt und blutete den Damast voll. Beck kontrollierte die 45er Smith & Wesson, kam in die Höhe, feuerte auf Laurel, verfehlte ihn und hatte Mühe, unter einer Salve aus Hardys Brownings wegzutauchen. Die Kugeln fetzten den Rest des Menüs von der Tafel, Beck flogen Zander, Stroganoff und Lammrücken in einer Garnitur von Porzellan und Glassplittern um die Ohren. Über allem der beißende Pulverdampf. Diner à la russe. Beck rollte sich über den Teppich und feuerte, bis er hinter der Bank der Wodkatrinker Deckung fand. Die Herren waren samt Kellnern und Sommelier unter ihrem Tisch verschwunden. Gäste brüllten, Frauen kreischten, und dann rasselte auch noch eine Alarmklingel los, die fast die nächste Salve übertönte, die Laurel und Hardy auf Schirinskis Tisch abfeuerten. Die Filmleute am Fenster starrten paralysiert auf die Szene.

Hinter seinem Tisch tauchte plötzlich Schirinski auf und feuerte mit der Waffe seines Bodyguards auf Laurel und Hardy. Beck nutzte die Chance und leerte sein Magazin ebenfalls auf die beiden. Hardy wurde herumgerissen und sackte auf den Teppich. Schirinski stieß einen Triumphschrei aus und deckte Laurel mit einer Salve ein, ehe er wieder in Deckung ging. Laurel war hinter einer Marmorsäule verschwunden. Das Schrillen der Alarmklingel riß Beck in den Ohren. Hinter der Säule schepperte ein leeres Magazin auf den Boden. Laurel lud nach. Becks 45er war ebenfalls leer. Er warf sich zu den Wodkatrinkern unter den Tisch und riß dem schlotternden Sommelier die Weinflasche aus der Hand.

Laurels Arm mit der Tokarew kam um die Säule. Beck hörte Jensen «Runter!» brüllen, aber da tauchte Schirinski auch schon wieder auf.

«Bastard!» Schirinski riß sich das Hemd auf. «Kämpf wie ein Mann!»

Beck bezweifelte, daß Laurel beeindruckt war, und schleuderte den 1996er Château Nardique la Graviere zur Säule. Er traf zwar nicht Laurel, aber das zerplatzende Glas und die Kaskade nasser Splitter lenkten Laurel lange genug ab. Beck hechtete hinüber zu den Uniformierten an der Tür und riß eine Uzi an sich.

Hinter ihm peitschten Schüsse, aber Jensen hatte Schirinski schon wieder unter den Tisch gezerrt. Beck kroch hinter die massive Restauranttür und jagte ein paar Sekunden Dauerfeuer durch den Raum, damit Laurel begriff, daß er wieder im Spiel war.

Laurels Kopf flog herum, der Arm mit der Tokarew folgte,

und Beck warf sich auf die Marmorfliesen. Über ihm bohrten sich zwei Kugeln in den Türflügel. Beck riskierte einen Blick. Laurel war auf dem Rückzug, Beck feuerte hinter ihm her, erwischte aber nur das Salatbüffet. Laurel sprang gegen die Klapptür und verschwand im Küchengang.

Beck umklammerte die Uzi und hastete geduckt über die Trümmer hinterher. Neben der Tür rappelte sich der Saalchef gerade wieder aus seiner Ohnmacht auf. Beck preßte sich an die Wand und drückte kurz einen Türflügel auf. Nichts.

Der Schweiß lief ihm in die Augen, während er seinen Atem unter Kontrolle zu bringen versuchte. Dann warf er sich mit der Schulter gegen die Tür und ließ sich mit einer Rolle in den Gang fallen. Zwei Spülerinnen mit Plastikhauben preßten sich mit panischen Gesichtern an die Wand. Über ihnen schrillte die Alarmklingel. Im offenen Durchgang zur Küche machte Beck eine Batterie Edelstahltöpfe auf einem Profiherd aus und konnte sich gerade noch zur Seite werfen, als es dazwischen aufblitzte. Laurels Schuß dröhnte, die Kugel ließ die Klapptür hinter Beck aufpendeln. Beck wirbelte zurück, feuerte auf die Töpfe, sah sie hochhüpfen und einen Schwall Soljanka über den Herd schießen. Er kam hoch, jagte an den Spülhilfen vorbei zum Durchgang und spähte in die Küche. Keine Bewegung zwischen den Kellen, Schöpflöffeln und Tiegeln über den Herden. In den Pfannen verschmorte Fleisch. Zwischen den Herden kauert der Küchenchef mit ein paar Lernköchen. Beck registrierte aus den Augenwinkeln eine Bewegung hinter dem Dampfkocher am anderen Ende der Küche. Er zielte auf den Verschluß und erwischte mit zwei oder drei Kugeln das Ventil. Pfeifend entwich heißer Dampf aus dem Gerät, erst an einer Stelle, dann mit einem Schwall und Getöse, der den ganzen hinteren Bereich der Küche vernebelte. Es roch nach Rinderbouillon. Dann brüllte Laurel plötzlich auf und wankte schreiend aus den heißen Dampfschwaden. Seine verbrühte Gesichtshaut warf Blasen, seine Augen waren verquollen. Er schoß blindlings um sich. Einer der Beiköche begann hysterisch zu lachen, als die Töpfe und Pfannen vom Ofen gefegt wurden. Beck richtete die Waffe auf den heranstürmenden Laurel, die Kugel erwischte ihn an der Schulter, schleuderte ihn herum und ließ ihn zu Boden gehen. Im Fallen riß Laurel die restliche Soljanka mit.

«Mahlzeit!» murmelte Beck.

Schirinski genoß das Pochen des Blutes in den Schläfen, die nachlassenden Stöße von Adrenalin, die durch seinen Körper jagten. Seit langem hatte er nicht mehr so intensiv gespürt, daß er lebte. Eigentlich nicht mehr seit jener Nacht in Grosny, als es einem Selbstmordkommando der Rebellen gelungen war, in sein Hauptquartier einzudringen. Er war von dem Getrampel auf dem Gang hochgeschreckt und hatte keine Sekunde zu früh zur Waffe auf dem Nachttisch gegriffen.

Im nächsten Moment war die Tür aufgeflogen und er hatte auf die Schattenrisse der Männer gefeuert, die hereinstürmten. Dann hatte er noch den Schlag gespürt, mit der die Rebellenkugeln ihn in die Brust trafen, bevor er das Bewußtsein verlor. Die Ärzte im Lazarett hatten die halbe Nacht um sein Leben gekämpft, die Kugeln herausoperiert und die Wachkompanie zum Blutspenden antreten lassen, als ihnen die Konserven ausgingen.

Die Reporterin drängte sich an ihn und drückte ihn wieder in die Deckung der Tischplatte. Er sog mit geblähten Nasenflügeln den Geruch ihres Schweißes ein und genoß das Ziehen zwischen seinen Schenkeln. Wenn ihm nicht ein mißtrauischer Gedanke eingeflüstert hätte, daß die Reporterin und ihr Kollege viel zu professionell auf den Anschlag dieser beiden Witzblattfiguren reagiert hatten, hätte er sie wahrscheinlich gleich hier unterm Tisch genommen.

«Sie sollten hier verschwinden!» keuchte Jensen. Schirinski schüttelte ihre Hand ab und sah sie an. Da war keine Panik in ihrem Blick, nur kühle Beherrschung und das routinemäßige Sichern des Raumes. Ihr Kollege kam aus der Küche, die Waffe in der Rechten. Mit der anderen Hand strich er sich übers Gesicht und verschmierte den schmalen Blutfaden aus einer Schnittwunde an der Stirn. Er stapfte über die Trümmer des Salatbüffets zu ihnen. «Alles klar?»

Jensen nickte. «Sicher ist die Polizei gleich hier.»

«Polizei!» Schirinski behielt Beck im Blick, während er Jensens Hand ergriff und zu seinen Lippen führte. «Unsere Anwesenheit wird nicht erforderlich sein. Schließlich gibt es genug Zeugen dafür, daß wir uns nur selbst verteidigt haben. Ich bin Ihnen etwas schuldig, Madame.»

Jensen produzierte ein schiefes Grinsen.

«Wir sollten uns in einer etwas angenehmeren Umgebung weiter unterhalten», sagte Schirinski. «Auf meinem Landsitz, ja? Heute abend. Ich schicke Ihnen einen Wagen zum Hotel.»

«Sie sind zu großzügig, mon general!»

«Und Ihr Begleiter», sagte Schirinski, während er sich das Hemd zuknöpfte, «wird heute abend Gelegenheit haben, eine Parteiversammlung im Haus des Volkes verfolgen zu können.» Er fischte Becks Digitalkamera unter den Resten seines Bœuf Stroganoff hervor. «Ich bin überzeugt, seine Fotos von unserer Bewegung werden um die Welt gehen!»

Vladimir verfolgte Alexandra auf dem Bildschirm bei ihrem Aerobic-Programm im Fitneßraum des Landsitzes. Neben ihm spielte der Wachhabende mit seinem Plastikschachspiel eine Meisterpartie nach. Wenn der General nicht im Hause war, machte sich unter dem Personal eine gewisse Lässigkeit breit. Ohne die Musik aus dem Fitneßraum erinnerten Alexandras Bewegungen auf dem Bildschirm an die einer Marionette. Vladimir konnte sich noch genau daran erinnern, wie sie vor ein paar Monaten aus dem Flugzeug geklettert war. Der General war mit einer Sondergenehmigung mit einem Konvoi aufs Vorfeld gekommen, um seine Tochter in Empfang zu nehmen. Für Vladimir war das ganze Unternehmen eine reine Routinesache gewesen – bis er Alexandra gesehen hatte. Sie war auf eine ganz andere Art schön als auf den Fotos des Generals und den Aufnahmen in den Modemagazinen. Noch auf der Gangway traf ihn ihr Blick. Später beteuerte er, daß er sich in diesem Moment in sie verliebt hätte.

Inzwischen verfolgte auch der Wachhabende Alexandras Übungen. Das Personal behandelte sie mit einer seltsamen Art von Respekt. Wahrscheinlich weil sie die einzige war, die dem General zu widersprechen wagte. Schon zwei Tage nach ihrer Ankunft hatte Vladimir in der Überwachung gesehen, wie sie und ihr Vater sich anbrüllten. Hinterher hatte sie ihm erzählt, daß sie sich geweigert hatte, ihn bei seinen Wahlkampfreisen zu begleiten. Das Verhältnis von Vater und Tochter war seitdem seltsam gespannt, und jeder wußte, daß Alexandra den politischen Ambitionen des Generals kritisch gegenüberstand. Es war auch kein Geheimnis, daß sie lieber heute als morgen in die Staaten zurückgegangen wäre.

Vladimir schaltete den Bildschirm auf eine andere Kamera und musterte das Schachspiel des Wachhabenden. Wenn alles klappte, dann würde sich Alexandras Traum schon bald erfüllten. Er zog einen Turm nach vorn. «Matt in drei Zügen!»

Der Wachhabende legte die Stirn in Falten, aber Vladimir kam nicht mehr dazu, ihm zu zeigen, was er meinte. Das Telefon klingelte. Der Wachhabende gab den Hörer an Vladimir weiter. «Die Moskauer Polizei, Kommandant.»

Vladimirs Nackenhaare stellten sich auf. «Es gab ein Attentat auf den General», erklärte der Wachleiter des Reviers, in dem das Haus des Schriftstellerverbandes lag. Ein alter Kontakt, den Vladimir aus seiner KGB-Zeit herübergerettet hatte. Er umkrampfte den Hörer. «Ja?»

«Der General ist am Leben. Die beiden Attentäter sind tot.»

Vladimir ließ den Hörer sinken. Er hatte versagt.

ACHT

Moskau, 16. November, 17.23 Uhr Ortszeit

Jensen wanderte mit dem Iridium-Handy am Ohr vorm Fenster hin und her, weil es dort die beste Verbindung gab. Sie erstattete Jacobi Bericht. «Das Essen war nicht ganz in Ordnung», sagte sie nebulös, da sie damit rechnete, daß auch bei einer Satellitenverbindung jemand die Gespräche nach Schlüsselworten scannte. «Aber wir haben einen guten Magen. Unser Gastgeber übrigens auch. Zwei andere Gäste bekamen allerdings schwere Krämpfe.» Sie hörte kurz zu. «Ja, wir schicken eine Postkarte.»

Was bedeutete, daß sie ihren vollständigen Bericht per E-Mail übermitteln würden – falls Beck es jemals schaffen sollte, sein Notebook an die Hoteltelefondose anzuschließen. Mit dem Schraubenzieher kratzte er jetzt schon die dritte Lackschicht von dem Verteiler ab.

«Ich halte es mit Beck», sagte Jensen. «Wenn man den Bären treffen will, muß man in seine Höhle gehen. Hier in Moskau hat unser Gastgeber nur sein Büro, nichts Privates. Das ist alles draußen auf seinem Landsitz.» Sie hörte zu und lachte kurz. «Er hat mir ein unvergeßliches Erlebnis versprochen. Das kann ich mir doch nicht entgehen lassen, oder?»

Beck stieß auf eine vierte Farbschicht und verlor die Geduld. Er zerrte an der Verteilerdose. Sie löste sich sofort, zusammen mit einem Fetzen Tapete und einem Pfund jahrzehntealtem Putz. Jensen schüttelte den Kopf. «Wo rohe Kräfte sinnlos walten.»

Beck zuckte mit den Schultern und machte sich auf die Suche nach den beiden Telefonadern.

«Das halte ich für unklug», meinte Jensen zu Jacobi. «Wenn

Beck dabei ist, wird unser Gastgeber irgendwelche Revierbeißereien aufführen. Er denkt wohl, Beck sei mein Liebhaber oder so.»

Beck vergaß, daß er gerade die Drähte in die Klemmen am Modemadapter des Laptops hatte schrauben wollen, und runzelte die Stirn. Jensen sagte «Okay!» und drückte die Verbindung weg. «Was?» fragte sie, als sie Beck sah.

«Revierbeißerei, ja?»

«Sicher.»

«Liebhaber, ja?»

«Schirinski ist mucho macho. Bist du blind?»

«Blind vielleicht, aber nicht blöd. Du gehst da auf keinen Fall alleine hin.»

Jensen reihte eine Batterie von Fläschchen, Tiegeln, Flakons und Tuben aus ihrem Beauty Case vor dem Schminkspiegel auf. «Klinger hat übrigens die drei Russen identifiziert, die nicht mit Schirinskis Truppe zurückgeflogen sind. Die Daten kommen per E-Mail.»

«Lenk nicht ab.» Beck schloß die Drähte an, startete den Laptop und versuchte, die Verbindung zu dem russischen Provider aufzubauen, die Klinger eingestellt hatte. Ein Menü meldete: «Line busy!»

«Störtebecker muß mächtig getobt haben, als er erfahren hat, daß wir schon hier vor Ort sind!» Jensen puderte und malte an ihrem Gesicht herum. «Oder, um mit Jacobi zu sprechen: Mister S. was not amused.»

Beck stellte das Wählprogramm auf Dauerfunktion. «Hör mal …»

«Keine Diskussion, bitte!»

«Du brauchst jemanden, der dich sichert.»

«Heute nicht.» Sie zog sich die Lippen nach und küßte ein Zellstofftuch. «Ich habe das im Griff.»

Beck ahnte, daß er genausowenig zu ihr durchdrang wie

das Wählprogramm zum Provider. «Wir arbeiten zusammen», sagte er. «Professionell!»

«Natürlich», sagte sie. «So wie Brody und Doyle.»

«Wer?»

«Im Fernsehen. Die Profis.»

«Lenk nicht ab.»

«Die mit diesem knallharten Boß. Cowley. Wenn ich an Cowley denke, bin ich wirklich froh, daß wir an Jacobi geraten sind.» Jensen streifte den Rollkragenpulli ab und stieg aus den Jeans. «Für wen haben eigentlich John Steed und Emma Peel gearbeitet?»

«Jensen, bitte …» Becks Blick verlief sich auf ihren Schenkeln und dem dunklen Dreieck unter dem Slip. Jensen hatte nur die Auswahl zwischen ihrem dezenten Jil-Sander-Hosenanzug und einer Sportswear-Kombination, die sie sich eigentlich für den nächsten Ski-Urlaub gekauft hatte. «Steed und Peel, das waren doch Engländer, oder?»

«Ja», sagte Beck.

«Dann waren sie beim Geheimdienst Ihrer Majestät. So wie dieser andere auch.»

«Welcher andere?»

«Bond. James Bond.»

Beck verfolgte die vergeblichen Wählversuche des Laptops. Halb Moskau schien gerade online zu sein. «Hatten die eigentlich was miteinander?» fragte er. «Steed und Peel, meine ich?»

Jensen schüttelte den Kopf, kontrollierte ihr Make-up und verstaute das Iridium-Handy in der Tasche an ihrem Gürtel. Die Stummelantenne ragte heraus. «Peels Mann war bei der Air Force und irgendwo im Einsatz verschollen. Außerdem war Steed ein Gentleman.»

Endlich klickte die Verbindung. «Connecting» stand auf dem Bildschirm. «Vielleicht war Steed schwul.»

Jensen zuckte mit den Schultern. «Vielleicht waren auch Brody und Doyle schwul.»

«Ernsthaft?»

«Kann doch sein.»

«Das hätte Cowley bestimmt gemerkt.»

«Vielleicht war der auch schwul.»

«Keine Ahnung», sagte Beck. «Irgendwie gefällt mir die Richtung nicht, in die unser Gespräch läuft.»

«Du fühlst dich übergangen. Du willst mich beschützen und bist frustriert, daß ich das nicht möchte.»

«Wir sind ein Team.»

«Aber wir sind nicht schwul. Ich jedenfalls nicht.»

«Du bist eine verdammt arrogante Zicke!»

Jensen war schon auf dem Weg zur Tür. «Halb sechs. Schirinskis Wagen wird warten.» Sie drehte sich noch einmal um. «Ich weiß schon, welches Team dir besser gefällt als Brody und Doyle.»

«Ach ja?»

«Superman und Lois Lane.»

Beck fand das gar nicht so spaßig, wie ihr unverschämtes Grinsen signalisierte. Aber da war sie auch schon aus der Tür, und auf dem Bildschirm erschien die Meldung, daß Post in der Mailbox des diskreten OMEGA-Accounts war. Beck verbrachte ungeduldige fünf Minuten, bis die Nachrichten durch das Nadelöhr des russischen Servers gesickert waren. Dann setzte er ihren verschlüsselten Bericht ab und machte sich daran, den Posteingang zu dekodieren.

In Klingers Bericht stand, daß in den Hubschraubertrümmern im Elbtunnel zwei Tote gefunden worden waren. Der dritte Mann aus Schirinskis Troß war ein gewisser Vladimir Maximow. Er war einen Tag nach dem Zwischenfall im Tunnel mit der Mittagsmaschine zurückgeflogen. Klinger hatte ihn sogar auf den MORGENPOST-Fotos von Schirinskis

Ankunft identifiziert. Beck betrachtete das Bild eines blonden, drahtigen Kerls in seinem Alter. Kurze Haare, ein stechender Blick. Eindeutig der Kerl aus RINGOS CLUB. Beck nahm sich vor, mit ihm bei Gelegenheit einmal ein paar Takte von Profi zu Profi zu reden. Er schaltete das Notebook aus. Es klopfte. Ein Page steckte den Kopf ins Zimmer. «Mister Beck?»

«Was?»

«Ihr Telefon scheint defekt zu sein. Sie werden in der Halle erwartet.»

Beck stülpte sich die Fellmütze über, die er im Hotelshop erstanden hatte, und streifte sich das Halfter um. Mit dem beruhigenden Gefühl der Smith & Wesson unter seiner Thermojacke und seinem Kameraköfferchen am Schulterriemen stieg er ein paar Minuten später unten aus dem Lift. Die Phantasieuniformen aus Schirinskis Garde schossen aus den Ledersesseln, als sie ihn sahen. «Ich Anatol und das Maxim!» radebrechte der größere auf englisch und machte Beck klar, daß die «Partei zur Rettung Rußlands» stolz sei, ihn begrüßen zu dürfen. Sie würden ihren Wagen nehmen, denn das Haus des Volkes sei weiter draußen.

Beck beschlich ein ungutes Gefühl, als er den beiden durch die Glastür folgte. Draußen lauerte Gonschorek neben der Teeverkäuferin am Hoteleingang. Der kleine Kerl steckte in einer wattierten Jacke, dicken Hosen und klobigen Stiefeln. Die lederne Fliegerkappe auf seinem Kopf hatte bestimmt mehr als einen Weltkrieg überstanden. Er stellte sich Beck in den Weg und produzierte einen miserablen militärischen Gruß. «Chef, wo geht's hin?»

Anatol und Maxim wollten ihn wegschieben, Beck hörte einen Schwall Russisch von Gonschorek und dann wieder Deutsch: «Sagen Sie den beiden Affen, daß ich Ihr Fahrer und Dolmetscher bin und Sie ohne mich nirgendwohin gehen.»

Im Grunde genommen, dachte Jensen, während sie sich eine rote Pille in den Mund schob, war Schirinski nur ein weiterer der vielen Gestrandeten, die sich nicht damit abfinden konnten, daß das Reich des Großen Bären längst Geschichte war. In dem Dossier aus dem Archiv des Magazins hieß es, daß er in Tschetschenien wie ein Berserker gewütet hatte. Es war die Rede von niedergebrannten Dörfern und Hinrichtungen von Rebellen, die er persönlich durchgeführt hatte. Die Propagandamaschine der Armee hatte ihn zum «Helden des Vaterlandes» gemacht; die westliche Presse sah ihn lieber wie der CNN-Reporter, dem er vor laufender Kamera die Pistole an den Kopf gehalten hatte: «Der Killer von Grosny.»

Die Fahrt in dem schwarzen Saab, der vor dem Hotel auf sie gewartet hatte, führte auf flüchtig gestreuten Straßen aus Moskau heraus. Der Fahrer trug eine gefütterte Lederjacke. Der zweite Mann im Wagen war ein kräftiger Bursche mit einem fleischigen Bauerngesicht und einer Automatic im Schulterhalfter unter seiner GAZPROM-Jacke. Er hockte neben Jensen im Fond. Er hatte bisher noch kein Wort gesagt. Jensen hoffte, daß das auch weiter so blieb.

Irgendwann fing es an zu schneien. Der Fahrer schaltete die Scheibenwischer ein und bugsierte die Limousine auf die freigeräumte Fahrbahn entlang eines endlosen Doppelgitterzauns. Die Anlagen des Gaswerkes schimmerten im Scheinwerferlicht.

Jensen kannte Männer wie Schirinski besser, als ihr lieb war. Globale Drogendealer, internationale Wirtschaftsbosse, Fernsehstars oder Politiker. Um so sprunghafter, zwanghafter und skrupelloser, je mehr sie in ihrem Machtrausch die Bodenhaftung verloren. DER MANN war auch so einer gewesen. Jensen hatte in seiner Sicherheitstruppe gearbeitet, ehe sie zu Jacobi gewechselt war. DER MANN hatte es innerhalb von zehn Jahren vom kleinen Landtagsabgeordneten zum

Ministerpräsidenten gebracht und aus seiner Staatskanzlei ein Heerlager von Hofschranzen, Speichelleckern und smarten Karrieristen gemacht. Der Job bei DEM MANN war einer ihrer ersten Einsätze gewesen. Mit ein bißchen mehr Erfahrung wäre sie damals vielleicht nicht auf ihn hereingefallen. Oder sie hätte wenigstens schneller begriffen, daß es nicht um Gefühle ging, schon gar nicht um ihre, als er sie in einem Ruheraum neben seinem Ministerpräsidentenbüro flachlegte. Falsch, korrigierte Jensen sich. Ich habe mich flachlegen lassen. Ein unverzeihlicher Fehler für einen professionellen Bodyguard, ganz egal welchen Mythos Hollywood über solche Affären verbreitete.

Wenn es etwas gab, was Jensen daraus gelernt hatte, dann war es die Erkenntnis, daß das instinktive Mißtrauen dieser Leute erst nachließ, wenn ihnen die Hormone das Denken abnahmen.

Fünf Minuten später rollten sie auf Schirinskis Besitz. Durchs Rückfenster sah Jensen, wie die Posten am Schlagbaum eine Rolle Natodraht über die Zufahrt zerrten. Bevor sie zum Haus kamen, passierten sie einen langgestreckten Betonbau, der noch einmal eigens gesichert zu sein schien. Scheinwerfer strahlten das Gebäude an, statt Fenstern gab es nur vergitterte Schlitze. Mit der Gasversorgung hatte der Komplex offensichtlich nichts zu tun. An der Schmalseite machte Jensen ein stählernes Rolltor für LKWs und eine Laderampe aus, auf der bewaffnete Posten patrouillierten.

Schirinski erwartete sie in einem Spiegelsaal, der die ganze Pracht des zaristischen Rußlands in Erinnerung brachte. Der Bauernbursche hatte Jensen im Foyer ihre Jacke abgenommen. Jensen war froh, daß sie ihr Handy in der Tasche am Gürtel trug und sonst alles, was sie brauchte, in ihrem Luis-Vuitton-Täschchen dabeihatte. Ein kühler Hauch wehte ihr entgegen. Der Saal erhob sich über zwei Stockwerke; die Kristalleuchter mit den heruntergedimmten Elektrokerzen schwebten im Halbdunkel. Jensens Schuhe klapperten auf dem Parkett, bis sie den schweren Täbris in der Mitte erreichte.

«Setzen Sie sich, meine Liebe!» Schirinski residierte hinter einem grazilen Empire-Schreibtisch, der für seine massige Gestalt viel zu klein war und für den mancher Antiquitätenhändler ganz tief in die Kasse gegriffen hätte. Kerzen flackerten auf Kandelabern. Es roch nach Bienenwachs. Jensen glitt in den Louis-quinze-Sessel und drapierte ihre Beine wie eine echte Dame. Schirinski kam herüber. Wenn du den Bären treffen willst, mußt du in seine Höhle gehen. Nun gut! dachte Jensen. Ich bin hier.

Beck wußte nicht mehr, wieviel Parteiversammlungen er erlebt hatte – aber so eine wie diese hier war nie dabeigewesen. Anatol und Maxim eskortierten ihn in der Turnhalle neben dem Haus des Volkes an vier bis fünf Dutzend heruntergekommenen Gestalten vorbei. Niemand interessierte sich für die russische Fahne und das Schirinski-Porträt über dem improvisierten Podium. Aus den Lautsprechern plärrte eine Tonbandrede des Retters, und jeder, der sich noch halbwegs auf den Beinen halten konnte, schob sich zu den Tischen, an denen Schirinskis Männer Wodkaflaschen verteilten. Damit man sich nicht zweimal anstellte, bekam man einen roten Stempel auf den Handrücken. Gonschorek trabte neben Beck her und murmelte: «Seine Kraft ist die Stärke des Wodkas.»

Beck entging nicht, daß Anatol und Maxim den Taxifahrer immer wieder abzudrängen versuchten. «Die Sache stinkt», stellte Gonschorek leise fest.

Beck nickte und ließ es darauf ankommen. Er holte die Digitalkamera heraus und bedeutete Anatol und Maxim, daß er kurz ein paar Bilder machen wollte. Die beiden wechselten einen schnellen Blick, dann drückte Anatol Becks Hand herunter. «Nix Foto hier!»

«Journalista!» beteuerte Beck.

Anatols Blick wurde zu Eis. Beck spürte Maxims Bewegung hinter sich und dann den Druck einer Waffe in den Nieren. Auch Gonschorek erstarrte. Beck ahnte, warum. «Da haben wir's», knurrte Gonschorek.

«Dawai!» Beck ließ sich von den beiden durch eine Stahltür in die Umkleidekabinen schieben. Von dort aus ging es weiter durch einen kahlen Gang, die Treppe hinunter. Es wurde wärmer. Als Anatol eine Stahltür aufstieß, verstand Beck auch, warum. Die altertümliche Heizungsanlage des Komplexes mußte noch aus den Zeiten Rasputins stammen. Vor den hohen Ofenklappen türmten sich Kohlenberge. Drei Männer mit schwarzverschmierten Gesichtern schaufelten die fetten Brocken im Rhythmus ins Ofenloch. Die Luft war voller Staub, es stank nach Schwefelwasserstoff. Den Heizern lief der Schweiß in Strömen herunter. Anatol wechselte ein paar Worte mit ihnen, und sie zogen ab, nachdem sie einen langen Blick auf Beck und Gonschorek geworfen hatten. Anatol hatte inzwischen auch seine Waffe gezückt und durchgeladen. Maxim trat zurück und sicherte seinen Kollegen.

«Wie sagt ihr Deutschen noch gleich?» meinte Gonschorek leise. «Man hat jemanden verheizt?»

Anatol zischte etwas, was Beck nicht verstand, und kam heran, um ihm seine Kamera wegzunehmen, für die er sich wohl auf dem Schwarzmarkt einen guten Preis erhoffte. Beck registrierte, wie Gonschorek einen Schritt zur Seite machte und sein Gewicht verlagerte. Er verstand sofort. Der Mann war ein Profi.

Anatol nahm die Kamera und fuhr mit der Hand unter Becks Thermojacke, fand das Schulterhalfter und wollte die

Smith & Wesson herausziehen, als Beck sich wegdrehte. Er griff mit beiden Händen nach Anatols Automatic und riß sie in die Höhe. Anatols Schuß peitschte in die Decke. Staub, Kalk und Mörtel regneten herunter. Beck trat gegen Anatols Standbein und nutzte den Schwung, mit dem der Mann stürzte, um ihm das Schultergelenk auszukugeln. Neben sich hörte er zuerst Gonschorek und dann Maxim brüllen. Eine Waffe polterte zu Boden. Beck hatte nicht die Zeit, sich darum zu kümmern, was die beiden trieben, weil Anatol sich brüllend auf ihn stürzte. Sein rechter Arm hing schlaff herunter, aber in seinem linken hatte er noch genug Kraft, um Beck einen Stoß vor die Brust zu versetzen, der ihn zurücktaumeln ließ. Beck stolperte über einen Kohlebrocken, verlor das Gleichgewicht und stürzte. Anatol wankte auf ihn zu, um sich auf ihn werfen. Beck rollte zur Seite, bekam einen Brocken Kohle zu fassen und knallte ihn mit aller Kraft auf den Hinterkopf des Russen. Anatol wurde schlaff und rutschte auf den lockeren Kohlen herunter. Beck richtete sich auf.

«Gute Arbeit!» meinte Gonschorek. Maxim lag bewußtlos vor ihm auf dem Boden, und er hatte seinen Fuß auf seine Brust gestellt. «Verstehen Sie jetzt, warum Sie hier in Moskau nie ohne Dolmetscher losgehen sollten?»

«Ich bin dir was schuldig.» Beck wischte sich den Schweiß aus dem Gesicht. Wenn die beiden hier den Auftrag gehabt hatten, ihn aus dem Verkehr zu ziehen, konnte das nur heißen, daß irgend etwas nicht so gelaufen war, wie es eigentlich hätte laufen sollen. Und damit war Jensen in Schwierigkeiten. «Ich brauch ein Taxi!» sagte er.

Gonschorek grinste. «Klar!» Er nahm die Automatics der beiden Russen an sich. «Wo soll's hingehen?»

«Wir besuchen den Bären!»

«Please allow me to introduce myself», hechelte Mick Jagger aus der bunten Wurlitzer-Musicbox in Schirinskis Privatsuite neben dem Thronsaal. «I'm a man of wealth and taste.»

Letzteres bezweifelte Jensen, denn der Retter Rußlands schwankte, als er von der Bar zurückkam. Ohne ihre Spezialpille wäre sie selbst allerdings wohl kaum sicherer auf den Beinen gewesen. Die erste Flasche Wodka war schon leer, und die zweite neigte sich auch dem Ende zu. Nachschubprobleme würde es trotzdem nicht geben. Auf der Empire-Kommode neben der Wurlitzer stand noch genug von dem Wässerchen, das Rußland am Leben hielt.

«Huu-huu», bestätigte der Background-Chor, während Schirinski Jensens Glas nachfüllte. «Na sdarowje!»

Jensen trank. Alles andere wäre in Schirinskis Augen nur der Beweis dafür gewesen, daß er sie geschafft hatte, und es war noch nicht soweit, ihm diese Befriedigung zu gönnen. Aus einem dunklen Winkel tauchte die Erinnerung an die Champagnerorgien des MANNES auf, bei denen er seine Entourage auf sich eingeschworen hatte. Rituelle Rauschfeste von Männercliquen, ehe sie das Nachbardorf oder die Konkurrenzfirma im Nebenhochhaus überfielen. Schirinski kippte seine 50 Gramm und goß sich und Jensen nach. «Trinken Sie, Täubchen!»

Der Wodka raste durch ihre Kehle. Der General war auf den harten Stoff umgestiegen. Mindestens 75 Prozent, schätzte Jensen. Aber so war das eben – wer sich in die Höhle des Bären wagte, mußte auch mit ihm trinken. Schirinski schwenkte sein Glas zur Wurlitzer und merkte gar nicht, wie er mit der Hand durch die Kerzenflammen fuhr.

«I stuck around St. Petersburg», kreischte Mick, «when I saw it was time for a change. Killed the Czar and his ministers / Anastasia screamed in vain / I rode a tank, held a General's rank, When the Blitzkrieg raged ...»

«Sie sind doch weit herumgekommen», nuschelte er undeutlich. «Haben Sie ihn getroffen? Mick Jagger?» Bei ihm klang es wie «Miiik Jaeger».

Jensen hob die Schultern.

«Ich will ihn einladen», erklärte Schirinski. «Sie sollen ein Konzert auf dem Roten Platz geben. Die Rolling Stones. Wenn ich Präsident bin. Was meinst du, mein Täubchen?»

«Grandios», sagte Jensen. «Mick denkt bestimmt schon die ganze Zeit an nichts anderes.»

«Spürst du die Kraft?» Schirinski fummelte an seinem Hemd, zwei Knöpfe sprangen ab. Jensen sah die lange Narbe auf seiner Brust. «Die Kraft von Mick! Was für ein Wahnsinn, seine Musik hier über Jahrzehnte zu verbieten. Die Menschen lieben diese Musik. Sie ist so ...» Schirinskis Blick irrte über Jensen. «Weißt du, was ich meinen Männern in Grosny über unseren Sender habe spielen lassen? Bevor wir in die Stadt eingedrungen sind? Satisfaction!» Schirinski schloß die Augen und versank in Micks Stimme. Eine Ader auf seiner Stirn pochte. Jensen kämpfte den Wodkaschleier nieder, der ihre Gedanken vernebelte. «Und wenn Mick nicht kommen will?»

Schirinski öffnete die Augen. Sein Blick war beängstigend klar. «Er wird kommen», murmelte er. «Das verspreche ich dir.» Er steuerte den Wandschrank hinter Jensen an. «Komm her, mein Täubchen. Ich zeige dir, was ich ihm zu bieten habe.»

Jensen streifte die Schuhe ab und meinte, bis zu den Knien im Teppich zu versinken. Mit einiger Anstrengung hielt sie sich aufrecht. Trotzdem mußte sie sich am Kerzenleuchter festhalten. Im Schrank hingen Waffen auf rotem Samt. Jensen konzentrierte sich. Ein 22er Gewehr, eine Browning. Schirinski nahm eine Smith & Wesson aus ihrer Halterung. «Deswegen wird er kommen!»

Jensen starrte auf die Waffe.

«8. Dezember 1980 in New York», flüsterte Schirinski an ihrem Ohr. Jensen fröstelte. Sie sah Schirinski an. Nein, er machte keinen Witz. Schirinski kicherte, zog sie an sich und zielte mit der Waffe in den Raum. «Hallo Mister Lennon, an autograph, please ...» Er drückte ab. Einmal, zweimal ... Es klickte.

«Das ist wirklich ...»

Schirinski nickte. Sie wich ihm aus, als er sie küssen wollte. «Damit hat dieser Verrückte John Lennon erschossen. Deshalb wird Mick kommen, verstehst du? Für die Waffe, mit der sein Feind getötet wurde.»

Und früher, schoß es Jensen durch den Kopf, haben die Krieger das Gehirn ihrer Feinde gefressen. Im Vergleich zu Schirinski war DER MANN mit seinen Polit-Schweinereien geradezu mustergültig zivilisiert gewesen. Was Mick Jagger wohl von dem Angebot halten würde? Sein Verhältnis zu Lennon war nie ohne Spannungen gewesen. Sie machte sich frei. Schirinski lehnte sich, besoffen von Machtrausch und Wodka, schwer atmend an die Wand und deutete auf seine Sammlung. «Das hier sind die wirklichen Werkzeuge der Geschichte. Verstehst du, mein Täubchen? Geschichte wird nicht mit Füllfederhaltern und Verträgen gemacht.» Er nahm die Browning heraus. «Geschichte wird hiermit geschrieben! In Sarajewo. Das hier ...» – Jensen identifizierte die Browning als .380 Short – «war das Argument, dem sich Erzherzog Franz Ferdinand und die Habsburger nicht entziehen konnten.»

Jensens Haut zog sich zusammen, und das lag nicht nur an dem Windzug, der die Kerzen flackern ließ. Die 30.06 Remington in Schirinskis Schrank ... Martin Luther King 1968 in Memphis. Die 22er ... Robert F. Kennedy im gleichen Jahr in Los Angeles. Und zuletzt der 6.5 Mannlicher-Carcano-Karabiner mit dem aufgesetzten japanischen Zielfernrohr.

JFK in Dallas und Engstfeld in Hamburg. Jensen umklammerte ihr Glas. Schirinski hatte großzügig 50 Gramm nachgeschenkt.

«I'm a man of wealth and taste ...» Er drückte sie gegen die Wand. «Und jetzt sagst du mir, was du wirklich von mir willst, mein Täubchen.» Er zog sie an den Haaren zu sich heran. Jensen kniff die Lippen zusammen. Schirinskis Wodkaatem streifte ihr Gesicht. «Wer schickt euch?»

Jensen umklammerte ihr Wodkaglas.

«Na gut!» keuchte er und ließ sie los. Jensen wollte schon aufatmen, als er überraschend schnell und zielsicher nach ihrer Bluse langte. Der Stoff zerfetzte. «Wie sagt ihr im Westen?» Schirinski drängte sich keuchend an sie. «Erst der Spaß und dann die Arbeit?»

Jensen versuchte das Knie hochzurammen, doch Schirinski war zu dicht bei ihr. Er lachte und zerrte sie wieder an den Haaren zurück. Als ihr Kopf gegen die Wand knallte, sah sie Sternschnuppen durch den Raum fegen. Der Schmerz zuckte erst Sekunden später durch ihr Gehirn. Sie hatte das Gefühl, daß der Schwindel sie gleich unweigerlich auf die Bretter gehen lassen würde. Inzwischen fummelte Schirinski schon abwechselnd an ihrer und seiner Hose herum.

Jensen bekam einen Arm frei. Der Wodka aus ihrem Glas traf Schirinski ins Gesicht. Er brüllte auf, ließ sie los, rieb sich die Augen. Seine langen Haare klebten ihm am Kopf. Jensen tauchte unter seinem Angriff weg und langte nach dem Leuchter. Sie bekam eine Kerze zu fassen. Das heiße Wachs spritzte auf ihre Haut. Der Wodka tropfte von seinem Kinn. Sein Blick ließ keinen Zweifel daran, daß er noch nicht genug hatte. Jensen riß die Kerze hoch. Die Flamme knickte ein und richtete sich nur ein paar Millimeter vor Schirinskis Gesicht wieder auf. Er zuckte zurück. Jensen bewegte die Kerze. «Sie wollen doch nicht flambiert werden?»

Schirinski wischte sich schnaufend den Hochprozentigen vom Gesicht und verschaffte Jensen damit die zwei Sekunden, die sie brauchte, um sich die Sarajewo-Browning zu greifen. Sie sah das triumphierende Aufflackern in Schirinskis Blick. Natürlich war die Pistole nicht geladen, aber auch ohne Patronen war das Ding eine Waffe. Sie holte aus und traf Schirinski mit dem Kolben genau zwischen die Augen.

Vladimir war auf einer außerplanmäßigen Kontrollrunde um das Haus, weil er seine letzte Inspektion hatte ausfallen lassen müssen, um Anatol und Maxim wegen des Journalisten zu instruieren. Inzwischen dürften sie ihren Auftrag erledigt und ihn eingeäschert haben. Trotzdem lief etwas aus dem Ruder. Vladimir ging noch einmal seine Informationen aus Hamburg durch. Wer hatte ihnen das Pärchen nachgeschickt? Irgendwelche Geschäftskonkurrenten? Gangster, die gemerkt hatten, daß der General mit Geld nur so um sich warf? Er kämpfte gegen das Gefühl, daß ihm etwas aus der Hand geglitten war. Alles hatte mit Alexandra angefangen. Ein unverzeihlicher Fehler, vom professionellen Standpunkt aus gesehen. Er war nicht Kevin Costner und sie nicht Whitney Houston.

Im Obergeschoß waren alle Männer auf ihren Plätzen. Die Posten vor dem Gang mit Alexandras Zimmern spielten Schach. In der Funkzentrale hockten die Diensthabenden mit der Freischicht vor dem Fernseher und sahen sich einen Boxkampf an.

«Neue Nachricht aus Hamburg?» Schirinski hatte alles über diese Jensen und diesen Beck wissen wollen, und Vladimir hatte am Nachmittag alle seine Kontakte in Deutschland hochgescheucht.

Der Wachhabende drückte ihm ein paar E-Mail-Ausdrucke in die Hand. Vladimir überflog sie. Seine Nackenhaare richteten sich auf. Er hastete die Treppe hinunter. Der General würde toben. Als er dann den Mann aus der Überwachungszentrale unten stürzen sah, wußte er, daß alles noch viel schlimmer war. «Kommandant, schnell!»

Jensen lehnte sich an die Wand, um die zweite rote Pille zu schlucken. Jacobi hatte sich den Alko-Blocker von einem befreundeten Mediziner besorgt, und Jensen erinnerte sich noch an den Selbstversuch, den sie und Beck mit zwei Flaschen Bourbon gestartet hatten. Die erste Komponente neutralisierte den Alkohol zum größten Teil. Was dann doch noch ins Blut kam, wurde von der zweiten Komponente beschleunigt abgebaut. Außerdem waren Amphetamine beigemischt, die einen wieder voll nach vorn brachten.

Jensen spürte, wie der neutralisierte Wodka ihren Körper auf natürlichem Wege verlassen wollte. Sie war hellwach, probierte ein paar Türen des Audienzsaals und stieß auf ein kleines Bad mit goldenen Wasserhähnen, einer Kloschüssel mit Goldrand und einem Stapel Playboy-Heften auf der Handtuchablage. Zwei Minuten später war sie wieder unterwegs. Durchs Fenster machte sie im Licht der Scheinwerfermasten den Betonbau aus, der ihr schon bei ihrer Ankunft aufgefallen war. Sie schätzte, daß der General noch für mindestens eine Stunde außer Gefecht gesetzt war, stieß den Flügel auf und kletterte hinaus. Der Wind fauchte um die Ecke. Alle Amphetamine halfen nicht gegen die schneidende Kälte, die ihr ins Gesicht biß. Jensen zerrte ihre Jacke vor der Brust zusammen und hastete zur Laderampe. Ihr Schatten tanzte im Scheinwerferlicht über die Fassade.

Die Rolltore an der Laderampe waren heruntergelassen. Jensen hämmerte auf den roten Gummiknopf neben dem

Stahlblech. Nichts rührte sich, nur die Kälte kroch weiter in ihren Körper. In der Ferne kläffte ein Hund. Jensen hastete zu der Stahltür am Ende der Rampe. Verschlossen. Das Schloß sah nicht so aus, als würde es sich mit dem kleinen Besteck knacken lassen, das sie in der Tasche hatte. An die Wand gepreßt beobachtete sie bibbernd, wie ihr Atem kleine Nebelwolken bildete. Sie überlegte schon, einen von Schirinskis Wagen zu klauen, um nach Moskau zurückzukommen, als sie die Steigeisen entdeckte. Die Tritte führten aufs Dach.

Sie zerrte die Ärmel ihrer Bluse über die Hände, und trotzdem schienen ihre Finger durch den Stoff am Metall festzufrieren. Nach fünf Metern war sie oben und rollte sich in die Schneewehe auf dem Flachdach. Die Feuchtigkeit zog sofort in ihre Sachen. Als sie sich aufrichtete, entdeckte sie eine Reihe matt schimmernder Lichtkappen. Jensen kroch zur ersten, preßte die Hände an die Schläfen und und spähte durchs milchige Plexiglas. Drinnen brannte nur die Notbeleuchtung. Sie erkannte wuchtige Maschinen, Transportkarren und Paletten mit Kartons. Direkt unter ihr war eine Laufgalerie.

Jensen tastete sich mit klammen Fingern um den Aufsatz der Kuppel herum, bis sie die Gummidichtung fand, in der die Plexiglasschale ruhte. Sie drückte die Fingerspitzen in den Spalt und schaffte es nach zwei Minuten endlich, die Kuppel hochzukippen. Jensen machte sich flach, rutschte durch den Spalt, ließ sich fallen und landete auf allen vieren auf der Galerie. So weit, so gut.

Sie kontrollierte, ob das Iridium-Handy ihre Aktion heil überstanden hatte, und ließ ihre Mini-Lite aufflammen. Ihre Füße klapperten auf den Metallstufen. Unten umrundete sie eine Maschine, die ihr wie eine Trenn- und Schneidevorrichtung vorkam. Sie sah sich die Paletten an der Wand an. Die Kisten kamen von einer Firma für Spezialpapiere aus Iserlohn und enthielten nichts außer einem bißchen Mäusedreck.

An einer großen Maschine schimmerten tote Kontrollmonitore. Auf den Reglern mit notdürftig auf Klebeband gekritzelten kyrillischen Bezeichnungen lag Staub. Sie entzifferte Begriffe wie FARBSÄTTIGUNG und BESCHNITTZEICHENVERSATZ und entwickelte eine dunkle Ahnung, was sie hier vor sich hatte. Ein Typenschild bestätigte ihre Vermutung: Yost & Matt – Präzisionsdruckmaschinen – seit 1896.

Jensen tippte auf ein paar Schalter. In einem Display, unter dem es DRUCKVORLAGE – VOREINSTELLUNG hieß, leuchtete ein Bild auf. Ein stilisiertes Gebäude, das ganze in hellgrün, und dazu Buchstaben und Zahlen: 100 EURO.

Weil sie ein paar Sekunden zu lange überlegte, ob sie zuerst Jacobi anrufen oder erst verschwinden sollte, reagierte sie nicht schnell genug, als das Licht aufflammte. Ein großer blonder Kerl in GAZPROM-Jacke stand in der Tür und richtete seine Glock auf sie. «Tzz, tzz», sagte er. «Schnüffelt man denn herum, wenn man eingeladen ist?»

Jensen war zu weit weg, um sich mit ihm anzulegen. Der Blonde kam heran. Jensen hob die Arme und rechnete sich eine kleine Chance aus. Doch er war offensichtlich ein Profi, denn als sie ihren Ausfallschritt machte, glitt er zur Seite. Jensen spürte noch, wie sie ins Leere schlug. Dann erwischte er sie mit seinem Pistolenkolben am Kopf. Jensen sah Sibirien bei Nacht und spürte nicht einmal mehr, wie sie auf den Boden krachte.

NEUN

Hamburg, 17. November, 00.12 Uhr Ortszeit

Jacobi ging die Informationen der letzten Tage durch. Die Fakten waren so offensichtlich, daß er sich ärgerte, nicht schon früher Verdacht geschöpft zu haben. Wie konnte ein russischer Ex-General und Präsidentschaftskandidat einer obskuren Splitterpartei auf seinen Einkaufstouren durch Westeuropa mit Millionen um sich werfen, ohne Mißtrauen zu erwecken? Allein bei einer Firma im Süddeutschen hatte er für eineinhalb Millionen halbautomatische Waffen geordert. Anderswo waren es Schützenpanzerwagen, Panzerhaubitzen, Zielelektroniken und Ersatzteile für MIGs. Nachdem Klinger erst einmal herausbekommen hatte, wonach er suchen mußte, war er im Rechnerverbund des Amtes für Außenwirtschaft und des Zolls schnell fündig geworden. Im Augenblick kümmerte er sich um Schirinskis Einkäufe in Portugal, Belgien und Spanien. Jacobi zweifelte nicht daran, daß die Ergebnisse ähnlich ausfallen würden. Schirinski rüstete auf, und zwar offensichtlich nicht nur den Sicherheitsdienst seiner Partei, sondern auch einflußreiche Freunde in der Armee. Das ließ eigentlich nur einen Schluß zu. Jacobi fröstelte. Gegen einen Militärputsch in Rußland war die Balkankrise bloß eine harmlose Klassenkeilerei. Schirinski war vielleicht nur das Aushängeschild. Der militärisch-industrielle Komplex hatte schon den Zerfall der Sowjetunion Ende der achtziger Jahre und die Abrüstung mit allen Mitteln zu hintertreiben versucht. Es war vielleicht auch hier die Spur des Geldes, der man folgen mußte. Sobald sie wußten, woher Schirinski die Euromillionen hatte, kannte man auch seine Hintermänner.

Klinger lümmelte mit der MADONNA auf dem Schoß in

seinem Bürosessel, aber Jacobi wußte, daß er voll konzentriert war. «Irgend etwas Neues von Beck oder Jensen in der Mailbox?»

Klinger klickte ein Bildschirmfenster auf. «Negativ.»

Es war kurz nach Mitternacht. In Moskau war man schon drei Stunden weiter. Jensen war überfällig. Jacobi wurde nervös. Als sich endlich das Iridium-Handy meldete, atmete er lang aus. «Ja?»

Jensen atmete tief ein, als sie Jacobis Stimme hörte. Die Kanarienvögel hüpften auf ihren Sitzstangen herum. Der Raum war nicht größer als eine Garage, hatte keine Fenster und stank genau nach dem, was er offensichtlich war: eine große Voliere. Jensen versuchte, sich die Benommenheit aus dem Kopf zu schütteln. Die Beule, die sie dem Blonden verdankte, schmerzte kaum. Die Amphetamine wirkten noch. Das zweite Erwachen würde grausamer werden als das erste.

Sie umklammerte das Handy. «Wo sind Sie?» Jacobis Stimme klang besorgt. «Was ist passiert?»

Jensen blinzelte. Die Vögel beruhigten sich. Sie nahm an, daß sie noch auf dem Gelände von Schirinskis Gaswerk oder den Katakomben der Druckerei steckte. Angesichts der massiven Stahltür machte sie sich keine Illusionen darüber, hier jemals von selbst wieder herauszukommen. In einer Ecke machte sie ihr Vuitton-Täschchen aus. Man hatte es also nicht einmal für nötig gehalten, sie ordentlich zu durchsuchen. Sie gab Jacobi die Kurzfassung ihrer Begegnung der dritten Art mit dem Retter Rußlands.

«Er druckt Falschgeld?» Jacobis Stimme echote in der Satellitenverbidnung.

«Nein – echtes. Soweit ich das sehen konnte.» Sie zerrte eine Vogeltränke aus dem nächstbesten Käfig und goß sich das

Wasser übers Gesicht. «Bloß scheint ihm das Papier ausgegangen zu sein.» Sofort versuchten ein paar grüngelbe Vögel durch das Loch zu klettern. Sie stopfte die Tränke wieder an ihren Platz. «Sie halten mich hier fest. Ich fürchte, ich habe es vermasselt.»

«Klinger versucht schon, Beck zu erreichen!» Sie suchte nach einem Vorwurf in seiner Stimme. «Ich hole Sie da raus!»

Jensen war nur allzugern bereit, Jacobi zu glauben, obwohl sie sich nicht vorstellen konnte, wie er das bewerkstelligen wollte. In Hollywood würde Beck gleich die Tür eintreten, allen Vögeln mit seiner Magnum das Licht ausblasen und sie retten. Sie mußte gegen ihren Willen grinsen. Superman und Lois Lane.

«Was sind das für Vögel?» fragte Jacobi

«Kanarienvögel. Käfige, eine ganze Wand voll. Sieht aus wie eine Versuchsstation. Ich komme mir vor wie eine Legehenne.» Jensen ließ den Blick über die Käfige zur Decke gleiten. «Mist!»

«Was?»

Sie starrte auf das Objektiv, das im obersten Käfig zwischen den Stäben klemmte. Es war kaum größer als ein Kugelschreiber. «Eine Videokamera. Wieso hab ich die eben nicht gesehen?»

Ein lautes Knacken ließ sie hochfahren. Die Vögel gerieten wieder in Aufregung. «Hallo, mein Täubchen.» Schirinskis Stimme klang blechern herunter. Der Lautsprecher mußte bei den Vollspektrumröhren in der Lichtwanne stecken.

«Lautsprecher», flüsterte Jensen ins Handy und machte sich nicht die Mühe, den Apparat zu verstecken.

Schirinski klang schon fast wieder nüchtern. «Ich habe hier ein paar Informationen über dich und deinen Freund. Jensen und Beck. Von wegen Journalisten. Hier steht etwas von einer Spezialausbildung.»

«Journalisten sind Spezialisten», sagte Jensen laut.

«Lassen Sie das Handy eingeschaltet», drang Jacobis Stimme aus dem Apparat.

Schirinski lachte auf. «Wir sind hier auch Spezialisten. Wer ist dieser Jacobi, für den ihr arbeitet? Schickt er euch? Was will er?»

«Haben Sie ihm von mir erzählt?» fragte Jacobi.

«Nein», murmelte Jensen. Sie starrte ins Kameraobjektiv. Die Vögel beäugten sie neugierig. «Du machst es dir leichter, wenn du redest, mein Täubchen.»

Jensen sagte nichts. Im Handy hörte sie Jacobi leise mit Klinger beratschlagen. Und dann fiel ihr auf, wie die Vögel neben ihr hektisch flatterten. In einem Käfig in der unteren Reihe plumpste ein Jungtier von der Stange. Jensen hatte auf einmal ein Kratzen im Hals. Die Vögel kreischten. Jensen spürte, wie ihr der Schweiß ausbrach.

«Jacobi ...» Ihre Stimme kippte um.

«Was?» schrie Jacobi.

Ehe sie etwas sagen konnte, kam Schirinskis Stimme aus dem Lautsprecher: «Das war nur ein kleiner Vorgeschmack.» Die Vögel gerieten in Panik. Jensen versuchte immer noch, ihre Ahnung zu verdrängen, aber ihr Instinkt sagte ihr, daß sie besser damit begann, an den Käfigen hochzuklettern. «Es gibt keinen Sensor, der Gas in der Luft so zuverlässig meldet wie diese kleinen Vögelchen», sagte Schirinski. «Deswegen züchten wir sie hier. Im Gaswerk vertrauen die Leute den Tierchen ihr Leben an.»

Jensen klammerte sich an die Metallstützen und zog sich hoch. Sie zitterte. Aus dem Handy kam Jacobis Stimme, ohne daß sie etwas verstand. Schirinski übertönte ihn: «In der Ausbildung zeigen wir den Leuten, wie die Vögel auf Gas reagieren.»

Jensen rutschte ab, versuchte sich an einem Käfig festzuhalten und riß ihn herunter. Die Klappe ging auf. Vögel schwirrten panisch durch den Raum.

«Gas!» Sie preßte das Handy an den Mund. «Jacobi ... Die lassen hier Gas rein.»

«Natürlich, mein Täubchen», kicherte Schirinski. «Ich wußte doch, daß ihr Deutschen euch mit so was auskennt.»

Klinger hatte die Verbindung von Jensens Handy auf die Raumlautsprecher gelegt. Das Schwirren und Kreischen der Vögel füllte den Raum. Jacobi hörte Jensen keuchen und kämpfte gegen die Vorstellung, daß er sich wieder in dem Keller befand. Seine Kidnapper hatten es damals für eine tolle Idee gehalten, ihn im Versorgungsraum eines abgewrackten Industriegebäudes einzusperren. Es hatte keine Fenster gegeben, nur grauen Beton, der jedes Geräusch auf eine seltsame Weise dämpfte. Nur von weit oben drang das Gurren von Tauben durch einen Luftschacht zu ihm herunter. Gesehen hatte er sie nie, aber das Flattern geisterte bis heute durch seine Alpträume.

Klinger hämmerte hektisch auf seine Tastaturen ein. «Scheißtechnik», preßte er hervor. «Ich hab hier Beck. Aber die Verbindung bricht dauernd zusammen.»

Jacobi umklammerte das Handy. Er hatte Jensen allein zu diesem Irren gelassen. Er hatte die Verantwortung. «Hören Sie! Ich will mit ihm reden. Jensen ... sagen Sie ihm, daß ich mit ihm reden will.»

Zweitausend Kilometer entfernt am Rande von Moskau polterte und krachte etwas. Jensen schrie.

«Was ist passiert?»

«Gestürzt», keuchte Jensen nach ein paar Sekunden. «Hier unten sind schon fast alle Vögel tot.»

Im Hintergrund plärrte Schirinskis Stimme. Jensen brüllte

zurück. Jacobi erkannte seinen Namen. Dann hörte er Schirinskis Lachen.

«Was?» Erst als Klinger zusammenzuckte, wurde ihm klar, daß er geschrieen hatte. Wie damals im Keller – hilflos, ausgeliefert. Er mußte Schirinski dazu bringen, mit ihm zu reden. «Jensen, hören Sie ...»

Sie schnappte nach Luft. «Ja», hörte er sie dann. «Es kommt jemand. Sie saugen das Gas ab. Er will mit Ihnen reden.»

Im gleichen Moment sagte Klinger: «Ich habe hier Beck in der Leitung.»

Der rauhe Wind schmirgelte Beck fast die Haut vom Gesicht, während er mit zusammengekniffenen Augen das Gaswerk hinter dem Zaun musterte. Klingers Stimme klang völlig verzerrt aus Gonschoreks Handy. Er hatte während der halsbrecherischen Fahrt versucht, mit dem Ding eine Leitung zu OMEGA aufzubauen, aber immer wieder hatte irgendein Vermittlungsrechner schlappgemacht. Auch jetzt war die Verbindung nicht die beste, aber trotzdem gut genug, um die Sorge in Klingers Stimme zu hören. Schirinski hatte Jensen. «Jacobi will mit ihm reden», sagte Klinger. «Er muß irgendwo in seinem Gaswerk stecken.»

Gonschorek trabte unruhig um sein Taxi herum und klappte den Kofferraum auf. Gleich darauf hörte Beck ihn mit seinen Waffen hantieren. Er starrte auf das Werksgelände und machte am Rand einen hellerleuchteten Komplex aus. «Ich glaube, ich weiß, wo sie sind», sagte er. Er mußte es wiederholen, weil die Verbindung aussetzte.

«Hol sie da raus!» hörte er Klinger.

«Sofort!» Im Hintergrund sprach Jacobi.

Beck unterbrach die Verbindung und warf das Handy in den Wagen. «Wir gehen rein!» sagte er zu Gonschorek.

Gonschorek drückte ihm ein paar Magazine in die Hand. «No, Sir!»

«Was?» Beck starrte ihn an.

«Du bist mir was schuldig. Also laß mich da raus. Soviel kann mir euer Jacobi gar nicht bezahlen, daß ich mich mit diesem Wirrkopf Schirinski anlege. Ich bin nicht lebensmüde.»

Vielleicht bin ich das? Beck starrte auf den Maschendrahtzaun, dann kontrollierte er die Smith & Wesson und stopfte die Reservemagazine in die Jackentasche. «Abschleppseil!» verlangte er.

Gonschorek zögerte einen Moment. «Aber das ist das letzte, was ich für dich mache, Kollege.»

Er zerrte ein dreckiges Seil aus dem Kofferraum. Beck schnappte sich das Ende mit dem Karabinerhaken, rutschte durch den verschneiten Straßengraben und klinkte den Haken in den Maschendraht. Das Seil spannte sich. Gonschorek hatte das andere Ende an die Abschleppöse des Taxis eingeklinkt und hockte schon hinterm Steuer. Der Maschendraht beulte sich in Becks Richtung. Gonschoreks Motor heulte auf. Beck konnte sich gerade noch in Sicherheit bringen, als der Zaun herunterkam. Er machte sich keine Illusionen darüber, daß jetzt irgendwo ein Alarm losging, und hastete über die Trümmer auf das Gelände. Die erste Strecke bereitete keine Schwierigkeit, aber dann geriet er in ein Gebiet, in dem der Schnee noch nicht geräumt war. Schwitzend und hechelnd erreichte er die ersten Aggregate und schob sich an einer Batterie leise summender Generatoren vorbei zur nächsten Ecke. Hinter ihm wurden Geräusche laut, Hunde bellten beim Haupthaus.

Beck hörte den Doppelposten, der sich von der anderen Seite der Ecke knirschend durch den Schnee schob, erst in letzter Sekunde. Dann standen die beiden Kerle in ihren

GAZPROM-Jacken auch schon vor ihm und waren noch überraschter als Beck. Er sah die Uzi des Streifenführers hochkommen und feuerte instinktiv. Der Mann brach zusammen, Beck wirbelte an ihm vorbei und erwischte den zweiten mit dem Kolben am Kopf, noch ehe der erste am Boden aufschlug. Der zweite sackte zusammen. Beck keuchte. Dann zerrte er den beiden ihre Uzis herunter und hängte sie sich um. Besser zwei Waffen zuviel als eine zuwenig.

Die Tür des erleuchteten Gebäudes sprang auf. Das Quäken eines Alarms schallte herüber und ein Dutzend GAZPROM-Jacken stürzte heraus. Beck stolperte zurück und wollte in die Deckung eines Blechschuppens flüchten, als die Scheinwerfer auf den Rohrbrücken aufflammten. Er stand prächtig ausgeleuchtet mitten auf dem Präsentierteller. Die Russen brüllten los und dann peitschte auch schon die erste Salve herüber. Beck erwiderte das Feuer aus der Uzi im Fallen und rollte durch den Schnee zum Schuppen. Hinter ihm stoben Flocken und gefrorener Boden in die Höhe. Eissplitter flogen durch die Gegend. Beck brachte sich in Sicherheit und nahm sich zwei Atemzüge Zeit, um Jensen und ihre verdammte Eigenmächtigkeit zu verfluchen.

Das Feuer vom Haus setzte wieder ein, und in der Dekkung der Salven kam ein Vierertrupp herübergerobbt. Die Leute waren gut. Häuserkampferfahrung, schätzte Beck. Er deckte sie mit dem Rest des Magazins aus der ersten Uzi ein und kroch um den Schuppen herum. Der Boden unter dem Schnee schien jetzt aus Beton zu sein. In ein paar Metern machte er ein Bündel mannsdicker Rohre aus, die zu einem der Gasometer am Rande des Geländes führten. Auf seiner Seite lief das Bündel auf einer Rohrbrücke zu dem Gebäude hinüber.

Beck blieb nicht viel Zeit. Schirinskis Sturmtruppen waren schon bis auf zehn Meter heran. Weiter hinten tauchten zwei

Hundeführer mit einem Rudel jagdlustiger Köter auf. Wenn er weiter am Boden blieb, war seine Fußspur eine Einladung für jeden, der nach ihm suchte. Beck verfeuerte das Magazin der zweiten Uzi auf seine Verfolger. Die Männer warfen sich zu Boden. Schnee wirbelte hoch und nahm für einen Moment die Sicht. Die Hunde kläfften hysterisch. Beck hastete über die Freifläche vor der Rohrbrücke, drückte sich um die verschneiten Eisenstreben herum und atmete erleichtert auf, als er an der anderen Seite eine Metalleiter entdeckte. Er kletterte los und verdrängte den Gedanken, daß in den Rohren Gas sein könnte. Niemand würde eine Gasleitung so nah an einem Gebäude vorbeiführen. Andererseits kannte er sich nicht besonders mit den russischen Sicherheitsvorschriften aus. Oben war nur eine kleine, vereiste Metallplattform, auf der er beinahe ausgerutscht wäre. Unter ihm pirschten sich seine Verfolger heran. Die Hunde waren von der Leine gelassen und schwärmten um den Schuppen herum. Es würde nicht lange dauern, bis sie entdeckten, wohin ihre Beute verschwunden war.

Beck hatte gehofft, daß sich neben den Rohren eine Art Laufsteg auf der Brücke befinden würde, aber scheinbar legte man hier nicht viel Wert auf solche Kleinigkeiten. Die Rohre verliefen in Zweierbündeln in einem Gestänge, an dem man sich unmöglich entlanghangeln konnte, ohne eine perfekte Zielscheibe abzugeben. Beck hatte nur eine Möglichkeit. Er schwang sich auf das oberste Rohrbündel, rutschte an dem vereisten Metall ab, kroch wieder hoch und machte sich auf allen vieren auf den Weg.

Schirinski beobachtete, wie die Journalistin – oder was auch immer sie war – in dem Vogelbunker herumkroch. Der Monitor im Leitstand des Gaswerkes lieferte nur ein Schwarzweiß-Bild, und er nahm sich vor, die Ausstattung bei nächster Gelegenheit auf Vordermann zu bringen, damit man die Angst und die Panik besser erkennen konnte. Im Hintergrund schnarrte der Alarm, der vor ein paar Minuten eine Störung im Außenbereich gemeldet hatte.

Auf dem Monitor erschien Vladimir unten im Bunker. Die Frau streckte ihm ihr Handy entgegen. Schirinski spürte das Pochen an seiner Stirn. Bloß ein Kratzer, keine ernstliche Verletzung für einen Krieger. Am Nachbarpult quäkten die Meldungen der Sicherheitsposten herein, die sich um den Alarm kümmerten. Er hörte Schüsse.

«Vater?» Schirinski wandte sich schwerfällig um. Zwischen den bewaffneten Posten wirkte seine Tochter in ihrem hastig übergeworfenen Mantel fast so hilflos wie die Frau im Bunker. «Was ist passiert?» Alexandra kam heran und besah sich die Wunde auf seiner Stirn. «Draußen wird geschossen!» sagte sie, während sie den Verbandskasten aus dem Sanitätsschrank holte. «Was ist los?»

«Nichts, worum du dir Sorgen machen mußt, mein Täubchen», sagte er. «Geh wieder ins Bett!»

Sie verpflasterte ihn. Ihr Blick klebte an dem Monitor. «Warum ist diese Frau da unten? Du hast doch nicht etwa ...»

«Das ist nichts für dich!»

«Vater!»

Vladimir kam herein und brachte ihm das Handy der Journalistin. «Die Verbindung steht noch!»

Schirinski registrierte den schnellen Blick, mit dem er Alexandra ansah. War da etwas, was er bis jetzt übersehen hatte? Alexandra schlug die Augen nieder. So wie früher, wenn er sie bei einer Lüge erwischt hatte.

«Schirinski?» fragte eine Stimme aus dem Handy. Eine Stimme, die Autorität ausstrahlte. «Hier spricht Victor Jacobi. Ich verlange, daß Sie meine Mitarbeiterin freilassen.»

Schirinski wischte sich die Haare aus der Stirn. Er stank nach Wodka wie seine schlimmsten Wähler. Vladimir klemmte einen Adapter an das Handy und legte das Gespräch auf die Lautsprecher.

«Warum sollte ich das tun, Herr Jacobi?» Das, was Vladimirs Informanten über Jensen, Beck und ihren Chef übermittelt hatten, schien ihm plötzlich wie ein Fingerzeig der Vorsehung. Jacobi, hieß es in den Berichten, war reich, sehr reich, und damit war er auch mächtig. Geld bedeutete Macht, soweit war Schirinski den Polit-Offizieren der Armee immer gefolgt. Allerdings war er im Gegensatz zu ihnen der Meinung, daß man das Geld und die Macht nicht an die werktätigen Massen verschleudern sollte. «Ihre Mitarbeiterin, wie Sie sie nennen, hat hier für beträchtlichen Schaden gesorgt. Wir werden sie dafür zur Rechenschaft ziehen.»

«Wir sind durchaus in der Lage, noch mehr Schaden anzurichten.» Trotz der Drohung glaubte er eine Spur von Unsicherheit in Jacobis Stimme zu entdecken. Dieses letzte Aufbäumen, mit dem auch die gefangenen Rebellen in Grosny ihre Todesangst zu bezwingen versucht hatten. «Uns liegen hier Informationen vor, die Sie und Ihre Tochter direkt mit dem Mord an einem Hamburger Bankier in Zusammenhang bringen», fuhr Jacobi fort. «Denn wie sonst ist der Bernsteinohrring Ihrer Tochter in das Hotelzimmer gekommen, aus dem heraus das Attentat verübt wurde?»

Neben ihm schrie Alexandra leise auf. Vladimir flüsterte auf sie ein. Für ein paar Sekunden trübte ein roter Schleier Schirinskis Blick. Das Blut pochte in seinen Schläfen. «Ein Bluff!»

Natürlich war es ein Bluff. Alexandra war mit ihm und dem Innensenator zusammengewesen, als Vladimir seinen Auftrag erledigt hatte. Jacobi konnte doch nicht so dumm sein, Tatsachen zu leugnen. So etwas hatte sich früher höchstens der KGB geleistet. Sein Blick streifte Alexandra und Vladimir. Wenn es im ATLANTIC einen Hinweis auf jemanden gegeben hatte, dann auf Vladimir. Trotzdem verstärkte sich sein Gefühl, daß er etwas übersehen hatte.

«Wir werden das alles von unseren Polizeibehörden und Interpol rückhaltlos aufklären lassen und veröffentlichen», sagte Jacobi jetzt. «Sie lassen uns keine andere Wahl, General. Ihr Staat wird seine Beziehungen zu uns nicht aufs Spiel setzen, wenn wir Ihre Auslieferung verlangen.»

Schirinski keuchte. Dieser Bastard. Er hatte nie eine gute Presse gehabt, aber jetzt vor der Wahl würde ihm so eine Affäre den Hals brechen. Schirinski sah schon die hämischen Zeitungskarikaturen, mit denen seine Gegner über ihn herfallen würden. Sobald erst einmal etwas in den Medien war, konnte niemand die Lawine stoppen. Er hatte damals Monate gebraucht, um den CNN-Reporter ruhigzustellen, der ihm in Grosny vor die Pistole gelaufen war. Trotzdem bellte er: «Imperialistische Propaganda. Niemand nimmt das ernst.»

«Lassen wir es darauf ankommen.» Keine Spur von Nachgiebigkeit bei Jacobi, selbst die scheinbare Unsicherheit war verschwunden. Ein harter Brocken, dachte Schirinski. Ein würdiger Gegner. Keiner, der gleich den Schwanz einzog. Neben ihm beratschlagte Vladimir mit den Sicherheitsleuten, was wegen des Eindringlings auf dem Gelände unternommen werden sollte. Auf den Überwachungsmonitoren liefen Männer durch den Schnee und feuerten auf etwas, das außerhalb des Sichtbereichs lag. Vladimir zog seine Waffe und stürmte aus dem Leitstand. Schirinski begriff, daß diese Dinge hier nicht zufällig zur gleichen Zeit passierten. Aber er war an diese Situationen gewöhnt, und gegen Grosny, wo er jede Sekunde damit hatte rechnen müssen, daß ihn eine Rebellenkugel erwischte, war das hier ein Kinderspiel. Er würde sich nicht von einem hanseatischen Pfeffersack das Gesetz des

Handelns aus der Hand nehmen lassen. Er rieb sich übers Gesicht und überflog noch einmal die Infos aus Hamburg. «Man sagt mir, daß Sie ein kluger Mann sind, Jacobi. Deshalb kann ich Ihnen Ihre dummen Drohungen überhaupt nicht glauben. Hat nicht Molière gesagt: ‹Ein gelehrter Dummkopf ist ein größerer Dummkopf als ein unwissender Dummkopf›?»

Jacobi schien verblüfft. Schirinski kicherte. Doch dann meinte der Mann in Deutschland: «Und hat nicht Tschechow gesagt: ‹Der Kluge lernt, der Dummkopf erteilt Belehrungen›?»

Russische Kommandos am Aufstieg sagten Beck, daß man ihm dicht auf den Fersen war. Schwere Stiefel polterten die Metalleiter hoch. Trotz der Kälte lief ihm der Schweiß in die Augen. Er machte sich flach, schlang die Beine um das kalte Rohr und lauschte. Der erste Verfolger mußte gleich auftauchen. Es half nichts – Beck mußte seine Arme von dem Rohr lösen, um an die Smith & Wesson zu kommen. Er zerrte die Waffe heraus und versuchte, sich herumzudrehen, ohne das Gleichgewicht zu verlieren. Zu seiner eigenen Überraschung schaffte er es – im gleichen Moment, in dem der Oberkörper seines Verfolgers aus dem Aufstieg auftauchte. Beck feuerte. Der Kerl wurde zurückgeworfen und rutschte weg. Mit ein bißchen Glück blockierte er für eine Weile die Leiter.

Beck sah zu, daß er weiterkam. Inzwischen tobten die Hunde drei Meter unter ihm durch den Schnee und verbellten ihn mit heiserem Kläffen. Das erleuchtete Haus kam näher. Eiswind fegte über das Flachdach des Gebäudes und ließ den Schweiß in seinen Augenbrauen gefrieren. Unter der Nase bildete sich eine Kruste. Die Kälte stach in seiner Lunge. Zwei Meter lagen zwischen der Rohrbrücke und dem Dach. Er riskierte einen schnellen Blick zurück. Zwei Kerle hatten es inzwischen auf die Rohrbrücke geschafft und krochen mit umgehängten Maschinenpistolen näher. Der Rest der Truppe schwärmte unten durch den Schnee und suchte einen guten Schußwinkel. Das Dach war seine einzige Chance. Beck richtete sich auf. Sofort prasselte eine Salve von seinen Verfolgern los, und er knallte mit dem Kopf auf die Rohre zurück. Die Kugeln sirrten über ihm in den Nachthimmel.

Beck spürte die Kälte beängstigend schnell in die Muskeln kriechen. Wenn er den Sprung nicht sofort wagte, würde er nicht mehr genug Schnellkraft aufbringen. Er atmete tief durch, spannte sich und kam hoch. Seine Verfolger waren bis auf ein paar Meter heran, aber Beck hatte das Überraschungsmoment auf seiner Seite. Er feuerte blind auf die beiden, schnellte über den Abgrund und kam glatt auf dem Dach auf. Zu glatt. Die Eisschicht riß ihn von den Füßen. Er knallte mit dem Hinterkopf auf den Boden. Ein stechender Schmerz raste durch seinen Schädel. Die Kugeln seiner Verfolger peitschten über ihn weg. Sein linker Knöchel schmerzte. Er rollte sich zur Seite, wollte schießen, aber sein Zeigefinger zuckte ins Leere.

Er rieb sich die Eiskristalle aus den Augen und hob den Blick. Er erkannte schwere Winterstiefel, eine Uniformhose und die Mündung der Glock, die der Blonde auf ihn richtete.

«Willkommen, Mister Beck!» sagte Vladimir Maximow. Hinter ihm stand eine Dachluke offen, und ein Lichtstrahl warf eine glitzernde Bahn über das Eis. Beck sah, wie sich Maximows Finger um den Abzug legte. Durch seinen Kopf hallten plötzlich ein paar Takte Musik und Jensens Stimme.

Vladimir faßte den Druckpunkt der Glock und visierte Becks Nasenwurzel an, als Schirinski aus seinem Walkie-Talkie quäkte. «Vladimir?»

«Ja?» Das Mikro klemmte am Kragen seiner Jacke.

«Hast du ihn? Wer ist es? Der Journalist?»

Vladimir zögerte. Becks Blick zeigte keine Regung. Ein Profi, der Mann. «Ja», sagte er heiser. «Ich hab ihn.»

«Bring ihn her. Seine Freundin hat Sehnsucht nach ihm.»

Beck begriff wohl instinktiv, daß der General ihm eben sein Leben geschenkt hatte. Er richtete sich langsam auf und hob die Hände. Vladimir setzte ihm die Glock in den Nacken und schob ihn zur Dachluke. Unten warteten schon zwei bewaffnete Posten. «Runter!» sagte Vladimir leise auf deutsch.

Er wartete oben, bis die Posten den Mann in Empfang genommen hatten und abführten. Er ging ein paar Schritte übers Dach, fand Becks Waffe und steckte sie ein.

Er hatte Fehler gemacht, viel zu viele Fehler. Die Aktion in Hamburg war gescheitert, weil Schirinski sich zur Rückkehr nach Moskau entschlossen hatte, ehe die Polizei der Spur des Ohrrings bei dem Toten hatte folgen können. Dann der überstürzte Auftrag an die beiden Versager, die den General im Restaurant hatten ausschalten sollen. Ein einziges Fiasko, ein Musterbeispiel von überstürzter Planung und unvorhergesehenen Ereignissen. Vladimir kletterte durch die Luke hinunter, klopfte sich den Schnee von den Schuhen und wollte zurück in den Leitstand, als ihm Alexandra entgegenkam. Ihr Blick verriet Panik. «Vlad ...»

Er zerrte sie in den nächstbesten Raum. Vladimir stieß die Tür zu. «Hör zu ...»

«Was hast du mit meinem Ohrring gemacht?» stieß sie hervor.

Er erinnerte sich noch gut an ihr verbissenes Liebesspiel und ihre Aufregung in diesem Hamburger Stundenhotel, als sie nach dem Schmuck gesucht hatte. «Alexandra ...»

Sie wich vor ihm zurück. «Ist das wahr, was dieser Jacobi behauptet hat? Dann ... dann ...»

«Ja!» Vladimir drängte sich an sie. «Ich war im ATLANTIC.» Sie wollte aufschreien, aber er legte ihr rechtzeitig die Hand auf den Mund. «Bitte!» flüsterte er. «Du mußt mir helfen.»

In der Bewegung, mit der sie sich befreite, lag eine Kraft, die ihn überraschte. «Was für ein Spiel spielst du?»

«Ein doppeltes», sagte Vladimir und wußte, daß er vielleicht den größten Fehler seines Lebens machte. «Ich arbeite für die Amerikaner.»

ZEHN

Hamburg, 17. November, 9.21 Uhr Ortszeit

«Alles in Ordnung?» Jacobi fuhr zusammen, obwohl Klinger ihn nur sanft an der Schulter berührt hatte. Er brauchte ein paar Sekunden, um sich zurechtzufinden. Kalter Zigarrenrauch hing im Raum. Jacobi rieb sich die Müdigkeit aus den Augen.

«Störtebecker wird gleich kommen», sagte Klinger.

Jacobi hatte den Innensenator vor ein paar Stunden in seinem Bootshaus über Handy erreicht. Bei dem Gespräch waren einige unfreundliche Worte gefallen. Jacobi griff nach dem Iridium-Handy. Die Standby-Leuchte brannte.

«Kein neuer Kontakt!» Klingers Stimme klang belegt.

Jacobi holte sich eine Packung Aspirin aus der Büroapotheke und spülte drei Tabletten herunter.

«Es war mein Fehler», sagte er schließlich, als er Klingers schweigenden Blick nicht mehr aushalten konnte.

«Jensen wollte allein gehen.» Klinger klang nicht besonders überzeugend.

«Der Plan war nicht gut.»

Klinger hob müde die Achseln. «Planung ist der Ersatz des Zufalls durch den Irrtum.»

«Wer sagt das?»

«Kennen Sie bestimmt nicht», meinte Klinger. «Fritz-Paul Schimaniak.»

Jacobi nahm verwundert zur Kenntnis, daß ein zu Recht vergessener Bergarbeiterdichter aus dem Ruhrpott in Klingers Welt aus Billigmusik und Filmzitaten Platz gefunden hatte. Der Sensor der Außensicherung meldete, daß sich jemand dem Büro näherte. Klinger kontrollierte die Bildschirme und drückte auf den Türöffner. «Viel Feind, viel Ehr!»

Was er damit meinte, begriff Jacobi erst, als außer Störtebecker noch drei Nadelstreifen mit kalten Diplomatengesichtern hereinkamen. An den Limousinen auf dem Parkplatz lungerten Fahrer und Leibwächter herum. Die geschäftsmäßige Stimme, mit der der Innensenator die Herrschaften vorstellte, sagte Jacobi, daß er sich Störtebeckers Wohlwollen wohl endgültig verscherzt hatte. «Grindel, Bundeskriminalamt.» Ein durchtrainierter Athletentyp mit Pilotenbrille. «Brunnbauer, Bundeskanzleramt.» Das typische Referentengesicht. «Mister Goodman.» Störtebecker räusperte sich. «Kulturattaché der amerikanischen Botschaft.» Goodman überragte mit seinen Einsachtzig alle anderen und verströmte den Duft eines bisexuellen Rasierwassers. Klinger öffnete ein Fenster.

«Herr Jacobi, Sie haben in unverantwortlicher Weise Menschenleben aufs Spiel gesetzt und womöglich diplomatische Probleme von unübersehbarem Ausmaß ausgelöst!» Man schien übereingekommen zu sein, daß Störtebecker das Gespräch leiten sollte. Was allerdings nicht unbedingt heißen mußte, daß er in dieser Sache immer noch das Sagen hatte. Doch mehr als das schmerzte Jacobi, daß der Innensenator mit ihm wieder per Sie war. Er nickte, weil sie diese Demutsgeste wohl von ihm erwarteten. Die Herren ignorierten die Getränke, die Klinger auf dem Barwagen heranrollte.

«Ich fürchte, Sie haben recht», sagte Jacobi. «Ich erwarte auch nicht, daß Sie alles billigen, was auf meine Veranlassung hin geschehen ist, aber möglicherweise kann ich Ihr Verständnis wecken, wenn ich Ihnen einige Hintergründe darlege.» Er gab einen Überblick über den Mord an Engstfeld und die Ergebnisse, die OMEGA bisher erzielt hatte. «Danach scheint festzustehen, daß Schirinski seinen Wahlkampf und die Unterstützung der Armee mit einer großangelegten Geldfälschung finanziert hat.»

Brunnbauer fiel sein Nobelfüller aus der Hand. Grindel vom BKA schob die Pilotenbrille hoch. «Ach!»

«Moment!» Brunnbauer hob seinen Füller. «Ich bin da ja kein Experte, aber wenn man Geld fälschen will, braucht man doch Druckplatten.»

«Druckvorlagen», murmelte der BKA-Mann düster.

«Ja?» Brunnbauer sah ihn an. «Und Seriennummern, nicht wahr?»

«Schirinski scheint Serien zu benutzen, die noch nicht ausgegeben sind», sagte Klinger. «Ich habe noch nicht alles recherchieren können. Er hat vor anderthalb Jahren eine Präzisionsdruckmaschine gekauft hat, auf der man nach ein paar Modifikationen durchaus Euro-Banknoten drucken kann. Dann gab es Gerüchte über einen Computerhack bei der Europäischen Zentralbank. Da könnten die Nummern herstammen.» Grindel starrte ausdruckslos vor sich hin, was Klinger als Eingeständnis nahm. «Ungefähr zur gleichen Zeit hat es in einer Papierfirma bei Iserlohn gebrannt, die für die Bundesdruckerei arbeitete. Es gab Hinweise, daß vor dem Feuer mehrere Paletten Papier abhanden gekommen sind.»

«Bekannt», sagte der BKA-Mann. «Wir haben danach alle Firmen gesichert, die mit dem Euro-Papier umgehen.»

«Damit fing wohl alles an», sagte Jacobi. Der amerikanische Kulturattaché machte sich Notizen. «Inzwischen hat Schirinski kein Papier mehr und konnte auch keins mehr auftreiben. Also hat er versucht, sich mit einem Kredit auf Lieferungen der GAZPROM zu finanzieren. Meine Leute in Moskau haben …»

Störtebecker ließ die Hand auf den Tisch knallen. «Haben Sie mir nicht versichert, daß Sie und Ihr OMEGA-Team nur im Einklang mit den Gesetzen handeln werden? Wollen Sie mir dann vielleicht einmal erklären, wie Sie dazu kommen, Ihre Leute zu Schirinski zu schicken und damit eine Situation zu schaffen, die uns erpreßbar macht?»

«Verzeihung», sagte Brunnbauer irritiert. «Inwiefern erpreßbar?»

«Frau Jensen und Herr Beck befinden sich in Schirinskis Gewalt.» Jacobi wich Störtebeckers Blick aus. «Schirinski meint, damit ein Druckmittel zu haben.»

Klinger tippte auf die Fernbedienung für die REVOX. Die Tonbandspulen begannen sich zu drehen. «Dieses Telefonat hat Schirinski vor einigen Stunden mit mir geführt», sagte Jacobi. Das Rauschen aus den Lautsprechern setzte ein.

«Hier ist jemand, der mit Ihnen reden möchte», dröhnte Schirinski durch den Raum. Und gleich darauf Becks gepreßte Stimme: «Jacobi?»

«Was ist?» Jacobi erschien seine eigene Stimme fremd.

«Ich hab ein bißchen Pech gehabt», sagte Beck. Etwas klapperte, weil man ihm das Handy wegnahm. Dann wieder Schirinski: «Wenn Sie ihn und die Frau lebend wiederhaben wollen, werden Sie tun, was ich Ihnen sage.» Brunnbauer lauschte gebannt, Grindel schüttelte resigniert den Kopf. Goodman malte Smileys auf seinen Block. «Ein Container Banknotenpapier», sagte Schirinski. «Sie wissen, welche Sorte ich brauche. In 48 Stunden.»

«Unmöglich.»

«Falsch, Jacobi. Wer will, dem ist alles möglich, so heißt es doch?»

«‹Dir scheint es möglich, weil der Wunsch dich trügt›», erwiderte Jacobi.

Ein trockenes Grinsen erschien auf Brunnbauers Gesicht. Wenigstens einer am Tisch, der seinen Goethe kannte.

«Ich habe Ihr Wort, General? Das Papier gegen meine Leute?»

«Zug um Zug», sagte Schirinski sibyllinisch. «Die Zeit läuft. Ab jetzt.»

Nach der ersten Stunde hatten sich die Vögel an sie gewöhnt. Jensen hockte auf der Matratze, die der Posten noch in den Raum geworfen hatte, als er Beck hereinstieß. Beck döste an die Mauer gelehnt. Sie hatte seine Schrammen notdürftig verarztet und seine Jacke zum Trocknen über die Käfige gehängt. Seit die Wirkung der Pille nachgelassen hatte, fühlte sie sich schläfrig. Sie versuchte, sich zu entspannen. Beck hatte ihr von Schirinskis Forderung erzählt, und solange das Ultimatum lief, würde nichts passieren. Ihr Blick glitt über den Haufen toter Vögel, die sie in eine Ecke zusammengefegt hatte. Was geschah, wenn das Ultimatum verstrich, wollte sie sich im Moment lieber nicht vorstellen. Ihr Magen knurrte. Die Kalorien des Wodkas hatten nicht lange vorgehalten. Sie beäugte schon einmal das Vogelfutter in den Trögen.

Ihr Taschentuch, das sie an die Stäbe des Lüftungsgitters geknotet hatte, flatterte im Luftstrom. Der Minutenzeiger ihrer Uhr schien festzusitzen, obwohl sie ein optimistisches Ticken hörte, als sie sie ans Ohr legte. Beck bewegte sich.

«Es tut mir leid», sagte sie.

Beck klappte ein Auge auf. «Schon in Ordnung.»

«Es war mein Fehler.»

«Ich sitze nicht hier, weil DU einen Fehler gemacht hast.»

Jensen sagte sich, daß er natürlich recht hatte. Jeder hatte Fehler gemacht, Jacobi eingeschlossen. Jetzt darüber zu lamentieren, war alles andere als konstruktiv. «Ob Jacobi das Papier liefern kann?»

«Wir sollten lieber davon ausgehen.»

Gegen ihren Willen mußte Jensen grinsen. «Du bist ein unverbesserlicher Optimist, ja?»

«Klar. Wenn wir hier rauskommen, lade ich dich mal zum Essen ein.»

«He!» sagte sie.

«Wieso nicht?» meinte er.

«Wir sind doch nur Kollegen. Da lädt man sich höchstens auf ein Bier ein.»

«Was du alles weißt.»

Sie sagte nichts.

«Du solltest das zu schätzen wissen», sagte Beck schließlich.

«Ah ja?»

«Seit der Scheidung habe ich keine Frau mehr zum Essen eingeladen.» Beck schloß die Augen. Später hörte sie ihn etwas summen. «I'm just a lonely boy ...»

«Beck?»

«Ja?»

«Ich weiß es zu schätzen.»

Brunnbauer murmelte noch etwas in sein Handy, ehe er es ausschaltete. «Unmöglich!» Er sah Jacobi an. «Das war eine klare Direktive. Der Kanzler ist überaus verärgert. Wir können unser Verhältnis zu den Russen nicht mit dieser Sache belasten.»

Obwohl Jacobi nichts anderes erwartet hatte, versetzte ihm die klare Aussage einen Schock. Klinger hatte sich nicht so gut ihm Griff. «Soll das heißen, euch Beamtenärschen ist es egal, was aus den beiden wird?»

Brunnbauer focht das nicht an. «Der Staat kann nur bis zu einem bestimmten Punkt die Verantwortung für die Handlungen seiner Bürger übernehmen. Und der ist hier ja wohl eindeutig überschritten worden.»

Zu Jacobis Verwunderung hielt Störtebecker sich zurück. Wahrscheinlich wartete er darauf, welche Direktiven Grindel aus Wiesbaden bekam. Der BKA-Mann war nach draußen gegangen, um vom Autotelefon bei seiner Dienststelle anzurufen.

«Die Zeit läuft», sagte Jacobi. Sein Blick streifte Brunnbauer. «Ihre Position ist eindeutig?»

«Wir behalten uns vor, ein Ermittlungsverfahren gegen Sie einleiten zu lassen», sagte Brunnbauer. Für eine Sekunde befürchtete Jacobi, daß Klinger die Nerven völlig verlieren könnte. Grindel kam zurück und flüsterte eine Weile mit Brunnbauer. Dann stand der Kanzleramtsreferent auf. «Sie entschuldigen mich! Ich habe noch andere Verpflichtungen.»

Verblüfft sah Klinger ihm nach. Grindel wartete, bis die Tür hinter Brunnbauer ins Schloß gefallen war. Dann sagte er: «Ich bin mit Herrn Brunnbauer übereingekommen, daß dieses Gespräch beendet ist.»

Jacobi atmete ein wenig auf. «Deniability?»

Grindel ging nicht darauf ein, aber das war so gut wie eine Antwort. Der Amerikaner entspannte sich. «Irgendwelche Ideen, wie Sie die Situation in den Griff bekommen wollen, Mister Jacobi?»

Jacobi zögerte. «Ja», sagte er.

Grindel sah auf. «Dann lassen Sie mal hören!»

Jacobi atmete tief durch. «Wir geben Schirinski das, was er will.»

Vladimir lenkte den Jeep von der Straße. Der gefrorene Schnee auf dem Feld neben der Gasanlage knirschte unter den Reifen. Er ließ den Wagen unter ein paar kahle Bäume rollen und den Motor im Leerlauf weitertuckern, damit die Heizung nicht ausging. Dann holte er die Glock aus dem Schulterhalfter, lud sie durch und legte sie entsichert auf seiner linken Seite auf den Sitz.

Als Alexandra eine Viertelstunde später mit ihrem Landrover auftauchte, spürte er ein wenig Erleichterung. Allein schon, daß er noch lebte, bewies, daß sie mit niemandem gesprochen hatte. Daß sie jetzt kam, nachdem er ihr einen Zettel unters Frühstück geschoben hatte, weckte neue Hoffnungen, aber auch alte Zweifel.

Er machte die Tür auf. Sie glitt in den Wagen. Erst jetzt bemerkte er ihre verquollenen Augen.

«Erklär es mir!» Ihre Stimme zitterte. «Erklär mir, warum ich Angst habe, mit Vater über dich zu sprechen.»

Die Glock drückte gegen seinen Oberschenkel. Er wollte nach ihrer Hand greifen, aber sie zog sie zurück.

«Die Amerikaner haben damals wohl genau gewußt, wie unzufrieden ich mit meiner Karriere war», sagte er statt dessen. «Sie haben einen netten kleinen Kerl in meinen Schachclub geschickt. Oleg. Ich habe sofort gemerkt, wie gut er war, obwohl er sich alle Mühe gegeben hat, nur mittelmäßig zu spielen.» Zwischen den Partien hatten sie über dies und das geredet. Manchmal deutete Oleg an, daß er jemanden aus der amerikanischen Botschaft kannte, und Vladimir hatte schließlich der Versuchung nicht widerstehen können, ihn anzuwerben. Zu seiner Überraschung war Oleg sofort darauf eingegangen. «Warum machen wir das Geschäft nicht auf Gegenseitigkeit?» hatte er gleichmütig gemeint. «Ich weiß, daß du bei den letzten Beförderungen übergangen worden bist, Vladimir. Mit dem Material, das wir dir geben, wird Krolow dich nicht mehr ignorieren können. Bloß ...»

Bloß konnte Oleg nichts liefern, wenn er nichts dafür bekam. So einfach war das. Mit Olegs Material hatte er es dann endlich geschafft, in Krolows inneren Zirkel aufgenommen zu werden. Das, was er Oleg dafür lieferte, schien Vladimir so unbedeutend, daß er sich nicht den Kopf darüber zerbrach. Erst als er in Ost-Berlin bei der Sicherstellung der Unterlagen über die Stasi-Auslandseinsätze die Robotron-Festplatten auch für Washington kopiert hatte, begriff er seinen Wert. Er hatte mit Oleg darüber gesprochen, und seitdem gab es in der Schweiz ein Nummernkonto mit echten Euro für ihn.

«Als alles zerfallen ist», sagte Vladimir leise, «wollte ich in den Westen. Aber Oleg meinte, es sei besser, wenn ich die Stelle bei deinem Vater annähme. Ich habe das zuerst nicht begriffen. Was ich über die GAZPROM gemeldet habe, stand in jeder Wirtschaftszeitung. Aber dann hat der General seine Präsidentschaftskandidatur bekanntgegeben.»

Alexandra drehte den Kopf zur Seite. Im unscharfen Spiegelbild der Seitenscheibe sah er ihre Tränen. Er griff nach der Glock, hielt sie einen Moment unschlüssig in der Hand. Alexandra wandte sich ihm wieder zu.

«Ich gehe zurück», sagte sie. «Ich will nichts mit dem zu tun haben, was hier passiert. Meine Sachen sind im Wagen. Ich fliege mit der Mittagsmaschine.»

Vladimir wartete, doch sie sprach nicht weiter. Kein Wort über ihn, ihre Zukunft.

«Ich liebe dich.» Seine Stimme klang heiser. «Oleg weiß nichts von uns. Aber ich glaube, er ahnt etwas. Ich ... habe nach einem Ausweg gesucht. Ich habe gedacht, wenn die Polizei in Hamburg auf deinen Ohrring stößt, würde man dich für die Ermittlungen in Deutschland behalten. Dann hätte ich mich absetzen können.»

«Das kannst du jetzt immer noch.»

Er umklammerte die Glock. «Ich komme. Warte in Hamburg!»

Es dauerte eine Weile, bis sie nicht mehr weinte. «Was ist mit der Frau und dem Mann, die er gefangenhält?»

«Er braucht sie. Für ein Geschäft.»

«Und dann?» Ihre Stimme zitterte.

«Du kennst ihn», sagte Vladimir.

Sie senkte den Kopf. «Er wird sie töten. Genau wie er meine Mutter umgebracht hat.»

Klinger wußte nicht, wann er zum letzten Mal etwas Ordentliches gegessen hatte. Das hohle Gefühl im Magen fiel ihm erst auf, als er den Kühlschrank öffnete, um eine neue Flasche Wasser zu holen. Die beiden Joghurts im Gemüsefach waren nur knapp über dem Verfallsdatum. Die Geruchsprobe schien unverdächtig. Er schlürfte die Becher auf dem Rückweg zu seinem Platz leer. Das Fax sprang an und spuckte die Bestätigung der Chartergesellschaft über die Antonov aus, die er auf den Namen von Jacobis Firma gemietet hatte. Der Flieger gehörte einer dubiosen bulgarischen Airline, aber etwas anderes war auf die Schnelle nicht zu bekommen gewesen. Jacobi kam aus dem Bad, als das Iridium-Handy klingelte. Er wartete, bis Klinger den Mitschnitt eingeschaltet hatte. «Ja?»

«Wann darf ich Ihre Lieferung erwarten?» Schirinski klang gut aufgelegt.

«Wir sind bereit.» Jacobi sagte ihm, daß die Antonov bereitstand.

«Ich schicke mit der nächsten Maschine einen Mann mit den Fracht- und Zollpapieren. Er wird die Lieferung auch überwachen.»

Jacobis Kiefermuskeln verhärteten sich. «Das kann ich nicht akzeptieren. Sie geben die Papiere meinem Mann in Moskau. Er wird sie herbringen.»

Klinger lauschte ins Rauschen der Leitung. Schirinski sagte eine Weile nichts. «Sie verblüffen mich. Was ist das für ein Mann, den Sie in Moskau haben?»

«Er wird sich bei Ihnen legitimieren.»

«Wie?»

«Das Stichwort ist ‹Eurokiller›.»

Schirinski lachte knapp. «Ich warte!» Dann unterbrach er die Verbindung.

Jacobi legte das Handy weg und schnippte gedankenverloren mit den Fingern. «Eine Verbindung mit diesem Gonschorek, aber schnell.»

Klinger hatte Glück und bekam den Russen sofort an den Apparat. Während Jacobi mit Gonschorek sprach, meldete er die MADONNA aus dem Netzwerk ab und kappte die Kabelverbindungen. Der Abschied fiel ihm schwer, aber unter normalen Umständen wäre er ihm noch schwerer gefallen.

Die Verhandlungen mit Grindel und Störtebecker hatten sich noch über zwei Stunden hingezogen und schließlich mit einem wütenden Abgang des Innensenators geendet. Als Jacobi dann mit dem BKA-Mann und dem Kulturattaché allein zusammensaß, war die Stimmung ein wenig konstruktiver gewesen. Der Amerikaner hatte während der ganzen Zeit kaum drei Sätze gesagt, und Klinger hätte nur allzugern gewußt, wieso er sich überhaupt in die Sache einmischte.

Jacobi beendete das Gespräch mit Gonschorek und schlüpfte in seinen Mantel. «Entschuldigen Sie, daß ich Sie vorhin hinausgeschickt habe!» Klinger hatte eine geschlagene halbe Stunde in der Kälte gebibbert, bis ihm der BKA-Fahrer endlich erlaubte, in Grindels Limousine zu warten.

«Die Amerikaner haben einen Mann in Schirinskis Umgebung», sagte Jacobi unvermittelt.

«Sie haben was?» Klinger wäre fast die MADONNA aus der Hand gefallen. «Und da sitzen die bloß rum und tun nichts für Beck und Jensen?»

«Goodman hat zu erkennen gegeben, daß sie ihren Mann nicht gefährden wollen», sagte Jacobi. «Es hat sie viel Mühe gekostet, Schirinskis Vertrauen zu gewinnen.»

Klinger zog die Augenbraue hoch. «Das Kennedy-Gewehr?»

«Und diverse andere Waffen. Schirinski frönt da einer etwas bizarren Sammelleidenschaft.» Jacobi sah auf die Uhr. «Der Container mit dem Papier kommt bald in Fuhlsbüttel an. Sie schaffen das, ihn durch die Zollkontrollen zu bringen, ohne daß er durchsucht wird?»

«With a little help from my friends.» Klinger packte die MADONNA in ihre Tasche. «Irgendwie war mir ja schon von Anfang an klar, daß ich wieder in die Höhle des Bären steigen muß! Ich hab mir gerade noch das Wetter aus Moskau besorgt. Da ist es schweinekalt.»

Jacobi schien zu zögern. «Danke», sagte er dann.

Klinger stapfte hinter Jacobi her aus dem Gebäude und machte die Alarmanlage scharf. «Was war das eigentlich mit dieser Deniability?»

Jacobi schlug den Mantelkragen hoch. «Umgangssprachlich sagt man: Was ich nicht weiß, macht mich nicht heiß. Von Brunnbauers Standpunkt ist jede Polizeiaktion auf russischem Gebiet absolut ausgeschlossen.» Der Wind blies ihnen ins Gesicht. Klinger schob die Tasche mit der MADONNA unter seine Jacke. «Genauso ausgeschlossen ist natürlich auch, daß Schirinski genug Banknotenpapier bekommt, um das europäische Währungssystem auszuhebeln.»

«Verstehe», sagte Klinger. «‹Sollten Sie oder einer Ihrer Mitarbeiter bei der Ausführung des Auftrages getötet oder gefangengenommen werden, wird der Minister jegliche Kenntnis bestreiten.›»

Jacobi nickte. «Viel Glück, Mister Klinger!»

ELF

Hamburg, 18. November, 10.30 Uhr Ortszeit

Die Lesebrille stand ihr gut, fand Jacobi. Elisabeth saß am Schreibtisch und blätterte, einen Rotstift im Mundwinkel, in seinem Vortragsmanuskript. «Regula Lewald meint, daß du zu viele Fußnoten gemacht hast!» Sie strich souverän zwei Tage von Jacobis Recherchearbeit aus dem Kleingedruckten. «Sie möchte den Reinerlös aus der Broschüre über die Aston der Hamburger Tafel spenden.» Wieder fielen einige Stunden Aktenstudium dem Rotstift zum Opfer.

Jacobi öffnete den Humidor und wählte eine Hoya de Monterrey. Reka hockte mit einem drahtlosen Kopfhörer auf den Ohren vor dem Fernseher. Jacobi drehte die Zigarre in der Flamme des Zedernholzspans, bis sie gleichmäßig glühte, und verfolgte, wie die weibliche Kampfmaschine, die Reka über den Bildschirm steuerte, eine Spur aus splitternden Glasscheiben, brennenden Autowracks und vor allem toten Männern hinterließ. «Nikita!» Reka riß die Arme hoch. Die Kampfmaschine biß einem Kerl die Kehle durch.

Der Zigarrenrauch brannte in Jacobis Mund. Er stand zu sehr unter Spannung, um sich auf den Genuß zu konzentrieren. Elisabeth strich eine letzte Passage, ehe sie zu ihm herüberkam. «Sie ist also 1855 mit ihrem zweiten und zugleich dritten Gatten nach Rußland ausgewandert», sagte sie.

Victor nickte. Reka hatte ihren Kopfhörer abgestreift und sah aufmerksam zu ihnen herüber. «Sie hat diesen einbeinigen Daniel Eduard Meier, einen Bremer Chefarzt, geheiratet, was diesem die Stelle gekostet hat. Da man ihn weder hier in Hamburg noch in Wien haben wollte, zog er mit ihr in den Krimkrieg, Beine und andere Gliedmaßen amputieren.»

«Und in welchen Krieg bist du gezogen?» Sie wußte, daß Beck und Jensen bei Moskau festsaßen. Auch wenn er ihr keine Details gesagt hatte, ahnte sie, daß die beiden wirklich in Schwierigkeiten steckten.

Jacobi zog unruhig an der Zigarre. «Wir rudern im Moment ein wenig. Klinger fliegt gleich nach Moskau.»

Das Wort lockte Reka aus den Polstern. «Kann ich mit?»

Elisabeth sah Jacobi an, und er war froh, daß in diesem Moment das Dienstmädchen mit einem Tablett hereinkam. Der Duft des Earl Grey zog durch den Raum. Reka schnupperte. «Wie zu Hause!»

Elisabeth bedankte sich und goß den Tee in dünne Tassen. Reka griff in die Zuckerdose und schob sich ein Stück Kandis in den Mund. Es knackte. Jacobi befürchtete schon, daß sie sich alle Schneidezähne abgebrochen hatte. Er atmete auf, als er sie zufrieden kauen sah.

«Kind!» sagte Elisabeth. Reka grinste.

«Ich hab Freunde in Moskau.» Ihre Hand verschwand erneut im Kandistopf. «Alexandr beklaut Touristen, und Ludmilla geht auf den Strich.» Sie verstummte. Elisabeth legte ihr den Arm um die Schulter. «Ich will wieder nach Hause», flüsterte Reka.

Jacobi war froh, daß das Hausmädchen wieder hereinkam und er nichts zu dem Problem sagen mußte. «Ein Mister Goodman ist draußen.»

Er fand den Kulturattaché vor dem Haus in der Betrachtung des Bentleys versunken. «Schönes Stück», sagte der Amerikaner. Er hob seinen schmalen Metallkoffer. «Wie besprochen.»

Jacobi ging mit Goodman hinters Haus. Der gefrorene Rasen knirschte unter ihren Schritten. «Vielen Dank!» Jacobi nahm den Koffer. «Besonders, daß Sie sich um das Papier gekümmert haben.»

«Tit for Tat», meinte der Amerikaner gleichmütig. «Wir helfen gern, wenn wir können.»

Der Freak hockte auf dem Klimacontainer und fütterte ein Tamagotchi. «Ich habe den Kerl gerade schlüpfen lassen», sagte er und warf Klinger das Plastikei zu. «Also paß gut auf ihn auf. Wehe, er verreckt dir.»

«Du hast ein gutes Herz.» Klinger packte die MADONNA auf den leergeräumten Tisch. «Deshalb könntest du mir auch noch einen Gefallen tun.»

«ICH geb dir den derzeit weltbesten Rechner und DU sagst, daß ich dir NOCH einen Gefallen tun soll?»

Klinger gab ihm die Diskette mit dem Testbericht, den er letzte Nacht in die Maschine gehackt hatte, während er in Gedanken bei Beck und Jensen gewesen war. «Ich hab ein paar Ideen, wie man die Lady noch schärfer machen könnte.»

«Laß hören!»

«ICH schlage mir die Nächte um die Ohren, um DEINE Kiste zu optimieren, und DU willst mir nicht mal einen kleinen Gefallen tun?»

Der Freak sah ein, daß es ein fairer Deal war, und hörte sich an, was Klinger sich vorstellte. Danach fluchte er fünf Minuten. «Das kostet dich aber mindestens noch einen Holsteiner Katenrauchschinken!»

«Per Expreß vor deine Haustür», versprach Klinger und machte, daß er weiterkam.

Der Wind draußen war ein paar Grade kälter geworden. Es waren kaum noch Möwen zu sehen, und die Leute rannten in ihrer Mittagspause wie blind durch die Stadt. Der nächste Kleiderladen hatte eine Abteilung für Trekkingbedarf. Klinger plünderte zuerst die Kleiderständer und dann seine OMEGA-Kreditkarte. Während die Verkäuferin anrief, ob er auch wirklich für dreieinhalbtausend Mark gut war, schlüpfte er in die Sachen und streifte sich den lammfellgefütterten Mantel über.

«Wo soll's denn hingehen?» fragte die Verkäuferin.

Klinger verzog die Mundwinkel. «Auf Bärenjagd!»

Vladimir sah dem kleinen Kerl mit der ledernen Pilotenmütze durchs Fenster nach, wie er sich auf dem Weg zu seinem ramponierten Taxi die Plastikhülle mit den Papieren in die Jacke schob, die er eben abgeholt hatte. Schirinski tobte. Vladimir hatte in den letzten Jahren genau zwischen der Pose des wilden Mannes und echter Wut zu unterscheiden gelernt. So aufgebracht wie jetzt hatte er ihn noch nie erlebt. Im Audienzsaal stank es nach Wodka, weil eben eine Flasche durch die Gegend geflogen waren, als der General erfahren hatte, daß seine Tochter abgereist war.

«Kannst du mir sagen, was du überhaupt hier tust?» Der General ballte die Fäuste. Er schien sich zu fragen, ob es wirklich klug gewesen war, Vladimir einzustellen, nur weil Oberst Krolow ihn empfohlen hatte. Vladimir hatte fast ein Jahr gebraucht, bis er mit der Geschichte über ein bestimmtes Gewehr sein Vertrauen gewinnen konnte. «Kann hier jeder ein- und ausgehen, wie er will?»

Vladimir hielt dem Blick des Generals stand. «Sie hat gesagt, daß sie in Ihrem Auftrag fliegt», meinte er. «Warum hätte ich daran zweifeln sollen?» Draußen knatterte das Taxi los. «Das Geschäft wird planmäßig abgewickelt?»

Er hatte Glück. Der General verdrängte erst einmal, daß seine Tochter ihre eigenen Wege gegangen war. «Ist die Landebahn geräumt?»

Vladimir klackte mit den Hacken. «Jawohl, General.» Der ehemalige Militärflugplatz lag fünf Kilometer vom Gaswerk entfernt. Die Freunde und Förderer aus den Republiken benutzten ihn manchmal, wenn sie bei ihren Besuchen beim General nicht in Scheremetjewo gesehen werden wollten. Seit gestern räumten Vladimirs Leute den Schnee von der Bahn und machten die Straße zum Landsitz frei. Schirinskis Gedanken schienen schon wieder zu Alexandra abzudriften. «Sollen wir Tankwagen bereithalten?» fragte Vladimir schnell.

Schirinskis Kopf schnellte hoch. «Wozu?»

«Jacobis Leute werden nach dem Austausch zurückfliegen wollen.»

Der General kniff die Lippen zusammen. «Geben Sie an die Leute am Flugplatz Maschinengewehre aus.»

Gonschorek zerrte sich die Pilotenmütze vom Kopf und streifte seine Lederjacke ab. Hamburg war um einiges wärmer als Mütterchen Moskau. In der Ankunftshalle des Flughafens fiedelte Andre Rieu seine Version des «Capriccio italien» durch die Lautsprecher, und Gonschorek begriff schlagartig, was die «Prawda» früher immer mit «westlichem Kulturimperialismus» gemeint hatte. Die Ground-Stewardessen der Aeroflot waren dralle rotblonde Ukrainerinnen, über deren Anblick er fast vergessen hatte, warum er hier war.

«Herr Gonschorek, nehme ich an?» Der Kerl war mindestens einsachtzig groß, sah aus, als hätte er eine Woche nicht geschlafen, und trug Klamotten, die er sich nicht einmal leisten konnte, wenn er hundert Jahre Taxi fuhr.

«Jacobi?» Er streckte ihm die Hand hin. «Wie haben Sie mich erkannt?»

«Wie haben Sie am Telefon gesagt: klein und dreckig.» Jacobi nahm die Plastikhülle, die Gonschorek aus seiner Jacke zerrte. «Haben Sie Beck und Jensen gesehen?»

«Habe ich. Sie leben.»

Jacobi war schon auf dem Weg zum Ausgang. «Kommen Sie. Sie fliegen mit unserer Maschine zurück.»

«Es gibt da nicht vielleicht was, was ich wissen sollte?»

«Später. Sie werden auf jeden Fall mit Ihrem Honorar zufrieden sein.»

«Wenn ich mir vielleicht doch noch was wünschen dürfte?»

Jacobi blieb in der offenen Tür stehen. «Was?»

Gonschorek deutete auf die Deckenlautsprecher. «Wenn Sie diesen Geiger mal treffen – bitte erschießen Sie ihn!»

Klinger war überrascht, als er den Innensenator bei Jacobi an der Zollabfertigung im Frachtbereich stehen sah. Weit und breit war keine Spur von Störtebeckers Dienstlimousine zu entdecken. Dafür blockierte Jacobis Bentley arrogant drei Stellplätze. Störtebecker wedelte mit der MORGENPOST vor Jacobis Gesicht herum, und Klinger erhaschte einen Blick auf die Schlagzeile: RUSSEN-HITLER KLAUT EURO! Darunter ein Bild von Schirinski in Generalsuniform mit einem Ordensspiegel so groß wie eine Postkarte.

«Wie konnte das durchsickern, Klinger?» Jacobi klang nicht so, als ob es ihn sonderlich interessierte. Störtebecker drückte Klinger die Zeitung in die Hand. «Ich erwarte eine Erklärung.»

«Die Numismatiker», vermutete Klinger, nachdem er den Artikel überflogen hatte. Offenbar hatte seine Anfrage wegen der Euro-Scheine aus dem ATLANTIC ein paar Leute neugierig werden lassen. Man hatte weitere Scheine aus noch nicht ausgegebenen Serien gefunden. Außerdem kursierten Gerüchte über den Computer-Hack in der Europäischen Zentralbank.

An der Zufahrt dröhnte ein schwerer Containertruck heran. Ein Baby-Benz mit Diplomatenkennzeichen folgte.

Goodman kletterte heraus. Störtebecker kniff die Lippen zusammen. «Ich weiß nichts von alldem hier!»

«Natürlich», bestätigte Jacobi. «Sie wissen von absolut nichts.»

Klinger sah dem Innensenator nach, wie er grußlos an Goodman vorbeistapfte und in ein Taxi kletterte. «Deniability?»

Jacobi nickte. Er holte die Frachtpapiere aus der Manteltasche. «Die Konnossemente und die Papiere aus Moskau. Was ist mit dem Zoll?»

«Das klappt schon!» Klinger fingerte das Handy aus seiner Trekkingjacke, drückte die Kurzwahl des Freaks und gab die Daten der Frachtpapiere durch. «Alles klar.»

Jacobi fragte nicht, und Klinger war froh, ihm nicht groß erklären zu müssen, wie der Freak sich jetzt gerade ins Computersystem von Zoll und BGS hackte, um den Container mit allen Frachtnummern und Codes als deklariert, freigegeben und verladebereit einzuspeichern. «Fünf Minuten!» versprach er.

Goodman gesellte sich schweigend zu ihnen, als sie die Abfertigung betraten, aber Klinger war sich durchaus bewußt, daß der Amerikaner ihn ausführlich musterte. Er stellte sich schon einmal an, um sich die Ausfuhrstempel zu holen. Die Zeit in der Schlange verkürzte er sich damit, daß er das Tamagotchi fütterte und seinen Dreck wegschaffte. Sein Handy läutete. «Alles roger», meldete der Freak. «Have fun!»

«Dito!» Klinger drückte die Verbindung weg und knallte dem Mannweib vom Zoll seine Papiere auf den Tresen. «Geht das ein bißchen zügig?»

Klinger erhaschte einen Blick auf ihren Bildschirm. ANZAHL UND BEZEICHNUNG DER WARE: «500 000 Kondome, diverse Geschmacksrichtungen.» Der Freak hatte schon immer einen etwas sonderbaren Humor gehabt.

Das Zollweib knallte mit einem süffisanten Lächeln ihre Stempel auf die Papiere. «Na dann viel Spaß noch!»

Reka hing noch der Geruch nach Tabak aus dem Kofferraum von Victors Auto in der Nase. Sie fror in ihrem Käpt'n-Blaubär-Shirt, aber sie hatte vorhin nicht mehr die Zeit gehabt, sich nach einer Jacke umzusehen. Sie lief an der Glasfront vorbei. Drinnen stand Victor mit ein paar Männern zusammen. Einer von ihnen mußte dieser Klinger sein, der für ihn nach Moskau fliegen sollte.

Sie dachte an Alexandr und Ludmilla und fragte sich, ob die beiden noch in der heruntergekommenen Wohnung von Ludmillas Mutter lebten. Die Adresse hatte sie genau im Kopf. Irgendwie würde sie es schon schaffen, dorthin zu kommen. Wenn sie erst einmal in Moskau gelandet waren.

Über ihr dröhnten die Flugzeuge in den schiefergrauen Himmel. Die Sonne hatte sich schon den ganzen Tag nicht gezeigt. Reka drückte sich durch die Tür in das Gebäude und machte ein Gesicht, als ob sie hierhergehören würde. Der dünne Kerl mit dem Pferdeschwanz verabschiedete sich von Victor und passierte eine Sperre mit zwei Uniformierten.

Reka lief zu einem Schalter. «Bitte, ich muß aufs Klo!»

Die Frau sah von ihrem Computer auf und ließ sie unter der Klappe im Tresen durchkriechen. «Den Gang durch.»

Reka spurtete los, lauschte kurz nach den Geräuschen hinter den einzelnen Türen, bog um eine Ecke und stand vor einer großen Drahtglastür, hinter der sie das Vorfeld erkannte. Der Mann mit dem Pferdeschwanz schüttelte gerade einem Kerl mit einer komischen Ledermütze die Hand und zeigte auf einen Container, der auf einem Lastwagen zu einer Maschine gebracht wurde. Das mußte das Flugzeug sein, das nach Moskau flog. Sie suchte nach der Türklinke.

Klinger wickelte sich in seine Trekkingjacke. Obwohl ihm die Verkäuferin versprochen hatte, daß der Stoff himalayatauglich war, fror er. Neben ihm döste Gonschorek in der spartanischen Passagierkabine der Antonov. Die Maschine rüttelte sich mit dröhnenden Motoren in ihre Reiseflughöhe. Ein paar unverständliche Worte aus dem Lautsprecher sollten wohl bedeuten, daß die ihre Sicherheitsgurte ablegen konnten oder vielleicht auch, daß sie gleich abstürzten.

Ein Metallgitter trennte sie vom Frachtraum mit dem Container. Klinger schätzte die Maße. Rechnete die Kantenlängen in Kubikmeter um und schätzte, wie viele Paletten Papier hineinpaßten. Dann nahm er sich eine Palette Papier vor, schätzte die Pakete, die darauf Platz fanden, und überlegte, wie viele Bögen in einem Paket waren. Wenn man davon ausging, daß auf einen Bogen 50 Hunderter gedruckt wurden, dann brachte ein Paket Papier fünf Millionen Euro und eine Palette 50 Millionen. Bei 20 Paletten waren das schon gut eine Milliarde. Damit konnte Schirinski die Volkswirtschaft in Euroland aus den Angeln heben.

Der Pilot kam vorbei und riß ihn aus seinen Gedanken. Er war ein grauhaariger Kerl mit einem gewaltigen Schnauzbart. Die Mütze hing ihm schief auf dem Kopf. «Mister Klinger?» Sein Händedruck war fest und sein Englisch passabel. «Ich bin Captain Carol. Sie begleiten die Ware?»

Klinger drückte ihm die Zettel mit den Positionsangaben des alten Militärflughafens in die Hand, die Gonschorek mitgebracht hatte. «Schaffen Sie das?»

Der Captain kratzte sich hinterm Ohr. «Wir werden sehen.» Er ging nach hinten, um die Fracht zu kontrollieren.

«Ihr sitzt ganz schön in der Scheiße», meinte Gonschorek. «Schirinski ist ein Irrer.»

«Deswegen haben wir ein Date mit ihm», sagte Klinger optimistischer, als er sich fühlte.

«Wissen Sie, was wir in Karlshorst immer gesagt haben?»

Klinger zuckte mit den Schultern.

«Wenn du den Bären treffen willst, dann am besten zwischen die Augen.»

Im Frachtraum brüllte jemand. Klinger schoß in die Höhe. Captain Carol tauchte hinter dem Container auf und zerrte ein halbwüchsiges Mädchen in einem Käpt'n-Blaubär-Shirt hinter sich her. «Blinder Passagier!» Der Bulgare fluchte und stieß das Mädchen in die Kabine. «Your problem, Mister Klinger.»

«Reka?» Jacobi hatte doch gesagt, daß die Kleine bei ihm daheim wäre.

Reka nickte trotzig. «Ich will nach Hause. Nach Moskau.»

Gonschorek schüttelte ungläubig den Kopf. Dann zog er seine Jacke aus und legte sie dem Mädchen um die Schultern. «Willkommen im Kindergarten!»

Klinger betrachtete die Kleine, wie sie sich an Gonschorek kuschelte, als würde sie ihn schon ewig kennen. Er wußte nicht, wie Jacobi oder seine Frau darüber dachten, aber er fand, daß es vielleicht das beste war, wenn sie wieder in ihre Heimat zurückging. Irgendwann hinter der weißrussischen Grenze brachte der Captain Pappbecher und eine Thermoskanne Kaffee. Gonschorek wärmte sich die Hände an seinem Becher. Reka fragte ihn etwas auf russisch.

«Was will sie wissen?» erkundigte sich Klinger. Der Kaffee war heiß und dünn.

«Ob ich sie nachher zu ihren Freunden bringen kann.»

Klinger holte ein paar Müsliriegel aus seiner Tasche und gab ihr einen. Sie kaute und spülte mit Kaffee nach.

«Wie bist du überhaupt ins Flugzeug gekommen?»

Sie grinste. «Hab den Arbeitern beim Container gesagt, daß ich unbedingt zu meinem Vater muß.»

Klinger ignorierte Gonschoreks Grinsen. Das Tamagotchi

piepte in seiner Brusttasche. Reka sah aufmerksam zu, wie er es fütterte. «Kann ich das haben?»

«Nein!» Klinger steckte das Ei ein.

Sie schmollte und mümmelte dafür in den nächsten Stunden die Hälfte von Klingers Reiseproviant in sich hinein. Gonschorek hatte einen vorsintflutlichen Walkman herausgekramt und war in den «Schwanensee» versunken.

Irgendwann tauchte der Copilot auf, um die Thermoskanne abzuholen und ihnen zu sagen, daß sie im Landeanflug waren. Klinger spähte durchs Fenster und erwischte gerade noch einen Blick auf die Ausläufer Moskaus. Sie schwebten über eine von Wäldchen zerrissene Schneedecke. Die Maschine rüttelte sich in einer Schleife um das Gaswerk. Gonschorek wurde unruhig. «Damit wir uns richtig verstehen», sagte er. «Sobald wir gelandet sind, bin ich weg.»

«Nimm mich mit», sagte Reka.

«Schon klar», sagte Klinger.

«Nicht, daß Sie denken, ich wäre feige», meinte Gonschorek. «Aber wenn man in Moskau seinen Arsch behalten will, legt man sich besser nicht mit dem Retter Rußlands an.»

Klinger fand nicht mehr die Zeit für eine Antwort, weil die Antonov aufsetzte und wieder in die Höhe hopste, so daß ihnen alles, was in der Kabine nicht verzurrt war, um die Ohren flog. Der Container im Frachtraum schlingerte in den Gurten. Klinger schoß der Schweiß aus allen Poren. Als die Maschine endlich zum Stillstand kam, wußte er, wie sich die Kerle in «Lohn der Angst» gefühlt haben mußten.

Der Captain scherte sich nicht um die vier Geländewagen, die übers Vorfeld heranschossen, und drehte das Flugzeug mit einem kräftigen Tritt aufs Gas wieder in Startposition, ehe er die Motoren abstellte. Die Verriegelungen der Ladeluke klackten. Ein eisiger Wind zog durch die Maschine. Die Hydraulik für die Rampe ächzte los.

Fünf Minuten später kletterte Klinger mit Reka und Gonschorek aus dem Bauch des Fliegers. Der Captain und sein Co verhandelten schon mit dem smarten blonden Anführer des Empfangskomitees.

Klinger erkannte ihn nach den Fotos wieder. Vladimir Maximow, Schirinskis Kettenhund. Seine Männer in ihren dicken blauen GAZPROM-Jacken behielten aufmerksam alles im Schußfeld ihrer Uzis. Auf dem vordersten Geländewagen war ein Maschinengewehr montiert. Als Klinger auf Maximow zuging, richtete der Schütze den Lauf auf ihn und zog den Verschluß durch. Alles in allem kein freundlicher Empfang.

Vladimir baute sich vor Klinger auf. «Sie haben die Lieferung?»

«Wo sind Beck und Jensen?»

«Eins nach dem anderen.»

Klinger hielt dem Blick des Blonden stand. Der Wind schnitt ihm kalt in die Haut. Seine Augen fingen an zu tränen. Er blinzelte. Am Ende der Landebahn ragte eine Batterie klobiger Gastanks in den Himmel. Ein dreckiger Containertruck kam herangetuckert.

«Fahren wir!» sagte Vladimir. «Der General wartet nicht gern.»

Obwohl Jensen die verschwitzten Haare ins Gesicht hingen und ihre Lippen aufgesprungen waren, hatte sie für Schirinski nichts an Reiz verloren. Er leckte sich über die Lippen. Neben ihr versuchte Beck sich aus dem Griff der Wachen freizumachen. Auf seiner Jacke klebte Vogeldreck. Überhaupt stanken die beiden zum Gotterbarmen. Becks Gesicht glühte vor Wut. «Man trifft sich immer zweimal im Leben, vergessen Sie das nicht!»

Die Scheiben des Audienzsaals klirrten leise. Der Truck mit dem Container rollte auf den Hof.

«Ein zuverlässiger Geschäftspartner, Ihr Herr Jacobi! Das schätze ich an euch Deutschen. Was ihr in 48 Stunden erledigt, klappt hier manchmal nicht in 48 Jahren.»

Die Spannung wich aus Jensens Körper. Ihre Gesichtszüge entspannten sich. Sie schien auf einmal viel jünger, und Schirinski ertappte sich, wie er sie mit Alexandra verglich. Sobald er diese Sache hier hinter sich gebracht hatte, würde er sie zurückholen und dafür sorgen, daß sie nicht noch einmal wegliefl. Der Platz einer Tochter war an der Seite ihres Vaters. Schirinski wußte, daß das altmodisch war, und er war stolz darauf, ein altmodischer Vater zu sein. Er gab den Wachen ein Zeichen. «Gehen wir!»

Draußen trieben düstere Wolkenbänke über einen düsteren Himmel. Die Luft schmeckte nach Schnee. Der Truck brummte im Leerlauf vor dem Rolltor der Druckerei. Die Stahllamellen rasselten gerade in die Höhe. Vladimir kam herangestapft. Ein hagerer Kerl war bei ihm, und als er sich seine Kapuze herunterzog, entdeckte Schirinski, daß er sich die Haare zu einem Pferdeschwanz zusammengebunden hatte. Klingers Blick flog zu Beck und Jensen. Schirinski straffte sich. Er fixierte Klinger schweigend.

Klinger kniff die Augenlider zusammen. «Die beiden sollen herkommen. Wir fliegen zurück.»

Schirinski ließ Klinger stehen und stapfte hinter dem Truck her in die Druckerei. Die Auspuffgase vernebelten die Lagerhalle. «Aufmachen!»

Von der Decke surrte das Ladegeschirr herunter. Vladimir winkte ein paar Männer heran. Sie turnten auf den Auflieger und befestigten die Halterungen. Knarrend schwebte der Container in die Höhe. Der Mann an der Laufkatze setzte ihn ein paar Meter neben der Zugmaschine auf. Vladimir entfernte die Zollsiegel und entriegelte die Türen. Schirinski starrte in die Höhle. An der Innenwand blinkte ein Display mit der aktuellen Temperatur. Die Papierpakete waren auf ihren Paletten in blaue Transportfolie eingewickelt und mit Planken gesichert. Schirinski zerrte an der Folie, aber das Material war zu fest. «Aufmachen!» brüllte er.

Klinger wartete, bis Jensen ihn ansah, und kniff ein Auge zu. Jensen starrte ihn weiter an, als hätte sie es nicht gesehen. Beck zerrte an seinen Fesseln. Sie hatten ihm die Hände auf den Rücken gebunden. Aus dem Druckereilager dröhnte Schirinskis Stimme. Die Hälfte ihrer Bewacher spurtete hinüber. Unter den aufmerksamen Blicken der restlichen Posten schob sich Klinger an Beck und Jensen heran. «Alles klar bei euch?»

Jensen verzog das Gesicht. «Nett, daß du vorbeischaust.»

Auf Becks Stirn schillerte eine Beule.

«He, Superman!» sagte Klinger. Beck seufzte.

In der Halle schlitzten unterdessen Schirinskis Männer die Folien auf und wuchteten die Papierpakete von den Paletten. Ein Geländewagen mit den Piloten, Gonschorek und Reka rollte auf den Hof. Die bulgarischen Flieger schienen es gewohnt zu sein, von Bewaffneten durch die Gegend kutschiert zu werden. Jedenfalls verzogen sie keine Miene.

Der General kam mit seiner Eskorte aus der Halle. Sein Gesicht glänzte. Er schnippte mit den Fingern, und Klinger fand sich mit erhobenen Händen und gespreizten Beinen an der Wand der Druckerei wieder. Kräftige Hände tasteten ihn ab. Die Kerle holten alles aus seinen Taschen und breiteten es auf der Motorhaube des Geländewagens aus. Reka war herausgeklettert und beäugte interessiert das Tamagotchi in dem Sammelsurium aus Bindfäden, Unterlegscheiben, Schrauben ohne Mutter und Muttern ohne Schrauben. Schirinski redete mit den Piloten. Hinter ihnen trat Gonschorek nervös von einem Bein aufs andere.

Klinger zwang sich zur Ruhe, auch als Schirinskis Männer ihm seine neue Trekkingjacke auszogen und aufschlitzten. Er schlug fröstelnd die Arme vor der Brust zusammen. «Wenn Sie mir sagen, was Sie suchen, kann ich Ihnen vielleicht helfen!»

«Reine Vorsicht. Ich liebe keine Überraschungen.»

Klinger hielt Schirinskis Wodkaatem aus. Der General fischte das Tamagotchi aus Klingers Kram und drückte auf ein paar Knöpfe. Ein mitleidiges Grinsen schlich sich um seine Mundwinkel, dann warf er Reka das Ei zu. Klingers Herz begann zu rasen, als das Mädchen das Spielzeug einsteckte. Schirinski sagte etwas zu Gonschorek. Der Taxifahrer nickte und kam zu Klinger. «Sie bringen uns nach Moskau. Den Piloten spendiert er eine Nacht im Interhotel.» Sein Blick irrte zu Reka. «Und uns beide wollen sie laufen lassen. Wir werden sehen, was das Wort eines Generals gilt.»

Die vier kletterten in den Geländewagen. Der Fahrer ließ den Motor aufheulen, und als der Wagen vom Hof schoß, flogen Klingers Sachen von der Motorhaube in den Schnee. Er fischte seine zerschnittene Jacke vom Boden und schlüpfte hinein. «Wir haben unseren Teil erfüllt. Warum erfüllen Sie jetzt nicht Ihren, General?»

Schirinskis Zeigefinger stach gegen Klingers Brustbein. «Du willst mir sagen, was ich zu tun habe?» Sein Blick funkelte. «Du? Du sagst mir, was ich tun soll? Ja?» Viel gefährlicher als seine Wodkafahne war sein Killerblick.

Schirinski schien einen Moment zu überlegen. In der Halle hatten seine Leute inzwischen alle Paletten geöffnet. Ein Mann kam mit einem Fetzen Papier heraus und hielt ihn dem General unter die Nase. Schirinski zerknitterte die Probe zwischen den Fingerspitzen. Klinger kämpfte gegen seine Nervosität.

«Wir werden prüfen, ob die Ware unseren Anforderungen entspricht!» entschied Schirinski. Klinger spürte die Läufe der Uzis seiner Bewacher im Rücken. «Sie leisten Ihren beiden Freunden solange Gesellschaft!»

«Rufen Sie Jacobi an!» verlangte Klinger. «Das ist gegen die Abmachung!»

Doch Schirinski hatte sich schon umgedreht und stapfte zum Haus zurück. Klinger wurde zu Beck und Jensen in die Halle gestoßen. Man drehte ihm die Arme nach hinten. Handschellen klickten, und Klinger war an die Verriegelung des Containers gekettet. Oben und unten steckte die Stange in kräftigen Stahlösen. Beck und Jensen wurden an die Zugmaschine des Trucks geschlossen. Das letzte, was Klinger sah, war Vladimir, wie er auf den roten Knopf für das Rolltor hieb. Die Stahljalousie rasselte herunter.

«Dieser Bastard!» Beck zerrte an seinen Handschellen.

«Klinger?» Das war Jensen. «Alles in Ordnung?»

«Überhaupt nicht!» Klinger starrte in der diffusen Notbeleuchtung auf das Display des Thermometers im Container. Neben der Temperaturanzeige blinkte es plötzlich. Klinger kämpfte gegen seine Panik. «Ich würde mal sagen, wir haben ein Problem!»

ZWÖLF

Hamburg, 18. November, 14.03 Uhr Ortszeit

Victor Jacobi ging Elisabeths Blick nicht aus dem Sinn, als er ihr gesagt hatte, daß Reka es irgendwie in das Flugzeug nach Moskau geschafft hatte. Er konzentrierte sich auf die schematische Darstellung auf dem Bildschirm des GPS-Ortungsgerätes in Goodmans Metallkoffer. Die Sicherheitsschalter auf dem Bedienungspanel waren aktiviert. Jacobi klappte die Schutzkappe von einem roten Druckknopf hoch.

Der größere der beiden Punkte auf dem Display war schon seit fast einer Stunde statisch. Der GPS-Sender in dem Container war im Temperaturfühler des Innenraumthermometers eingebaut. Der zweite GPS-Sender steckte in Klingers Tamagotchi; er hatte gemeint, daß das am unverdächtigsten wäre, falls man ihn durchsuchen würde. Sein Signal entfernte sich seit etwa einer Viertelstunde von dem des Containers. Fast 20 Kilometer mußten jetzt zwischen den beiden Sendern liegen. Jacobi kontrollierte das Iridium-Handy und fragte sich, ob es klug war, jetzt mit Schirinski Kontakt aufzunehmen. Das kleine Tamagotchi-Signal entfernte sich immer noch von dem Container. Wenn alles so abgelaufen war, wie er und Klinger es sich vorgestellt hatten, dann war Klinger jetzt mit Beck und Jensen längst in Sicherheit.

«Sollte etwas schiefgehen», hatte Klinger bei ihrer letzten Besprechung in Fuhlsbüttel gesagt, «dann deaktiviere ich das Tamagotchi und stellte es erst wieder an, wenn ich mit Beck und Jensen weit genug vom Container entfernt bin.»

Plötzlich widerstrebte es Jacobi, einem einzelnen Blinken zu vertrauen. Was er hier empfing, war nichts anderes als ein Zeichen. Jacobi spürte das Pochen seines eigenen Senders im

Oberschenkel. Er massierte seine Schläfe mit den Fingerspitzen. Das Zeichen existierte. Also existierte auch eine Wirklichkeit.

Er tippte den Freigabecode ein und legte seinen Finger auf den roten Knopf, mit dem er ebenfalls ein Zeichen auslösen konnte. Ein Signal, das über den nächsten GPS-Satelliten direkt zu dem Zünder der Bombe führte, die Goodmans Leute in die Metallwände des Containers eingeschweißt hatten.

«Eine Bombe?» Becks Stimme klang heiser. Klinger lief der Schweiß von der Stirn. Mit jedem Blinken in der Thermometeranzeige schoß ihm ein neuer Stoß Adrenalin ins Blut. Die Bombe war scharf. Plötzlich sprang die Temperaturanzeige auf 60. Jacobi hatte den Freigabecode für den Sprengsatz eingegeben. Klinger wußte, was er als nächstes sehen würde. In zwei, drei oder zehn Sekunden, sobald Jacobi den roten Knopf gedrückt hatte und das Signal über die Satellitenverbindung eintraf. Die Anzeige würde im Sekundentakt heruntertincken, und das letzte, was er zu sehen bekommen würde, wäre eine Reihe von Nullen. Ground Zero. Der Punkt, an dem alles zu Ende sein würde, weil in den Wänden des Containers genug Semtex steckte, um einen Krater von fünfzig Metern in den Boden zu reißen. Und das alles bloß, weil ein russisches Straßenkind sich in ein Tamagotchi verguckt hatte.

«Eine Scheißidee habt ihr da gehabt!» keuchte Beck, und Klinger sagte sich, daß er damit gar nicht einmal so falsch lag. Von Jensen war nur ein unterdrücktes Stöhnen zu hören. «Gleich hab ich's!» stieß sie hervor.

«Was?» Klinger erschrak über seine Stimme. Hinten in der Druckerei lief eine Maschine an. Schirinski ließ zur Probe einen Schwung Euros drucken. Sobald die ersten Bögen aus der Maschine kamen, würde er begreifen, daß das Papier höchstens dazu taugte, sich den Hintern abzuwischen.

«Was machst du da eigentlich?» Beck hatte es aufgegeben, an seinen Fesseln zu zerren.

«Hast du mal Gitarre gespielt?» Jensen klang konzentriert.

«Keine Zeit gehabt!» murmelte Beck.

Etwas klirrte und dann sah Klinger, wie Jensen hochkam. An ihrer Rechten hing die Handschelle. «Für manche Griffe mußt du dir wirklich die Finger verdrehen!» flüsterte sie und huschte zum Führerhaus des Trucks. «Außerdem sind Frauenhände viel zu zart für Männerhandschellen!»

Klinger blinzelte sich einen Schweißtropfen aus dem Auge. Jensen kletterte in die Zugmaschine. Er hörte sie herumwühlen. Er riskierte einen Blick auf das Display und bekam gerade noch mit, wie es von 60 auf 59 sprang. Jacobi hatte den Knopf gedrückt. «Jensen!» brüllte er.

Jacobi starrte auf seine Hände. Seine Finger zitterten. Der Countdown lief durch.

58 ... 57 ...

Als das Iridium-Handy schrillte, hielt er das Geräusch zuerst für eine Halluzination. Er langte nach dem Gerät, es rutschte ihm aus der Hand und polterte auf den Tisch. Erst beim zweiten Mal schaffte er es, das Gespräch anzunehmen.

«Jacobi?» Schirinski brüllte.

«Ja?»

«Dafür werden Sie bezahlen!»

... 54 ... 53 ... Für was sollte er bezahlen?

«Wo sind meine Leute?» schrie Jacobi.

«Was ist das für ein Papier?» tobte Schirinski. «Was bildest du dir ein, mit wem du es hier zu tun hast?»

... 40 ... 39 ... 38 ...

«Meine Leute!» brüllte Jacobi.

«Was von ihnen übrig bleibt, werde ich mit deinem Scheißpapier aufwischen!»

Jacobi kämpfte gegen die lähmende Hilflosigkeit. Und dann hörte er es im Hintergrund der Leitung krachen.

Beck wurde von dem heftigen Schlag, mit dem die Zugmaschine gegen das Rolltor prallte, auf dem Sitz zurückgeworfen. Der Motor brüllte auf, und er hatte alle Hände voll zu tun, um das Steuer gerade zu halten. An seinen Gelenken klapperten die Handschellen, deren Kette Jensen eben bei ihm und Klinger mit einem Seitenschneider aus dem Werkzeugkasten des Trucks geknackt hatte. Die Maschine krachte mit allen Pferdestärken gegen das Metalltor, drückte die Lamellen nach außen und riß sie aus der Führungsschiene. Das Tor krachte zusammen. Die Zugmaschine raste über die Trümmer, bockte und schlingerte auf den Hof, so daß Jensen und Klinger in der Kabine herumwirbelten. Ein Geländewagen mit Schirinskis Leuten raste ihnen entgegen. Beck wechselte kurz auf die Bremse und wich aus.

«Zum Flugplatz!» Klinger kam aus dem Fußraum hoch. Beck raste auf die gefrorene Piste zwischen dem Haus und dem Birkenwäldchen zu. Hinter ihm stürmten Schirinskis Männer aus der Druckerei. Er meinte für einen Augenblick, den General unter ihnen zu erkennen. Dann nahm ihn die Holperstrecke auch schon wieder voll in Anspruch. Der Motor des Trucks dröhnte; die ganze Maschine vibrierte. Das trockene Knattern einer Uzi kam von hinten, die Einschläge ploppten ins Führerhaus. Klinger und Jensen duckten sich.

Beck schaffte es, den Truck in die dünne Spur zu bringen, die der Wagen auf dem Hinweg in den Schnee gegraben hatte. Er schaltete einen Gang höher und kümmerte sich nicht um das Krachen, mit dem das Getriebe reagierte. Hinter ihnen formierten sich drei Geländewagen und nahmen schlingernd die Verfolgung auf. Das MG auf dem Führungswagen hämmerte los. Beck wollte gerade den Blick aus dem Rückspiegel nehmen, als hinter ihm die Welt explodierte.

Schirinski wurde von den Füßen gerissen und durch die Luft gewirbelt. Das Dröhnen der Explosion drückte seine Trommelfelle zusammen. Sein Kopf schien zu platzen. Als er benommen den Kopf hob, löste sich die Druckerei in einem gespenstisch lautlosen Feuerball auf. Die Druckwelle fegte über ihn hinweg, dann ein Hitzeschwall. Er warf sich wieder zu Boden, bekam Dreck und Schnee in den Mund, spuckte und fluchte und kämpfte gegen den Schwindel, der das Bild vor seinen Augen verschwimmen ließ. Betonbrocken, Steine und brennende Teile der Druckereieinrichtung regneten herunter. Die zerfetzte Walze der Druckmaschine bohrte sich neben ihm in den gefrorenen Boden. Schirinski kam hoch, knickte ein, kämpfte sich wieder hoch und stand schwankend in dem Inferno aus Feuer und Qualm. Zwischen den Trümmern lagen seine Männer, aber als er den Kopf wendete, entdeckte er die Silhouetten des Trucks und der Geländewagen, die hinter Jacobis Leuten herrasten.

«General?» Vladimirs Gesicht war schwarz vom Ruß. Sein Blick irrte über die Trümmer der Druckerei. Aus dem Rauchpilz über dem Explosionskrater segelten große Papierbögen, fingen Feuer und verglühten zu schwarzen Flocken.

Vladimir zerrte ihn zum Haus. Die Fensterscheiben hatten den Druck der Explosion nicht überstanden. Glassplitter knirschten unter ihren Füßen. Schirinski riß die Tokarew aus dem Holster und legte in seiner blinden Wut auf die herumhastenden Gestalten an. «General!» Vladimir umklammerte sein Handgelenk im gleichen Moment, in dem Schirinski begriff, daß das hier nicht Grosny war.

«Jacobi!» Seine Kiefermuskeln schmerzten. «Dafür bezahlst du!»

«General!» Vladimir wollte ihn weiter aus dem Bereich der Flammen ziehen. Schirinski machte sich frei und stapfte schwankend zu einem Geländewagen. Hinter der Motorhaube tauchten zwei verängstigte Gesichter seiner Sicherheitstruppe auf. «Los!» Schirinski feuerte in die Luft. «Hinterher!»

Beck trat aufs Gas. Der Truck war eindeutig nicht für solche Gewaltunternehmen gebaut worden. Mit einem bißchen Glück würden sie das Flugfeld erreichen, zu dem Klinger ihn lotste. Mit noch einem bißchen mehr Glück schafften sie es bis zu der Antonov. Und wenn ihre Schutzengel bis dahin immer noch nicht an ihnen verzweifelt waren, würde er die Maschine sogar in die Luft bringen.

Das Maschinengewehr hinter ihnen knatterte. Der Truck geriet ins Schlingern. Vermutlich hatten die Kugeln irgendeine Hydraulik zerfetzt. Kahle Bäume, ein alter Schuppen und Reste von Militärbaracken rasten vorbei. Das Heulen der Geländewagen kam näher. Jensen steckte den Kopf aus dem Fenster und zog ihn schleunigst wieder zurück, als das MG wieder losratterte. «Das wird eng.»

Klinger schob sie zur Seite, um an die Tür zu kommen.

«Sind da Posten am Flugfeld?» keuchte Beck. Die Zugmaschine hüpfte über einen Eisbuckel und schoß durch die Luft. Als sie auf den Boden krachte, glaubte er, daß ihm alle Knochen auseinandergerissen würden.

«Keine Ahnung!» schrie Klinger.

Ein verfallener Wegweiser tauchte auf. Die kyrillischen Buchstaben sagten Beck nichts, aber dann machte er hinter der nächsten Kehre die silbern schimmernde Antonov aus. Es waren noch fast fünfhundert Meter bis zu der Maschine. Beck schlug das Lenkrad ein und ging kurz vom Gas. Die Fahrbahn schlug eine Kurve um einen Hangar.

«Ich halte euch den Rücken frei!» Klinger stieß die Tür auf und schwang sich aus dem Wagen. Beck hatte keine Ahnung, was er vorhatte, aber er war sicher, daß es das Richtige war. Er schoß um den Hangar über einen Streifen gefrorener Wiese. Klinger stieß sich ab und rollte durch den Schnee. Beck trat wieder aufs Gas. Je näher sie ans Flugzeug kamen, desto besser. Wenn allerdings die Jungs den Vogel mit ihrem Maschinengewehr beharkten, würden sie niemals vom Boden wegkommen. Jensen zupfte an seinem Ärmel.

«Was?»

«Du kannst das Ding doch hoffentlich fliegen?»

Beck grinste. «Fliegst du eine, fliegst du alle.»

Klinger duckte sich in die Fahrspur im Schnee. Der Geländewagen mit dem Maschinengewehr wurde lauter. Er mußte den richtigen Augenblick erwischen. Eine Sekunde vielleicht, nicht mehr. Sobald der Fahrer vom Gas ging, um durch die Kehre am Hangar zu kommen. Klinger spannte die Muskeln. Ein Getriebe krachte. Und dann kam der Wagen herangeschleudert. Klinger hob den Kopf, der Kühler schoß auf ihn zu und er schnellte im gleichen Moment hoch, als der Fahrer ihm auszuweichen versuchte. Klinger sah das entsetzte Gesicht des MG-Schützen, flog über die Motorhaube und krallte sich am Rahmen der Windschutzscheibe fest. Der Wagen schleuderte, und weil er sich dabei halb um die eigene Achse drehte, hatte der MG-Schütze nicht mehr die Chance, die Waffe auf ihn zu richten. Klinger riß sich an der Windschutzscheibe hoch und darüber hinweg, erwischte den Fahrer mit einem Tritt im Gesicht und warf sich über die Sitze auf die Ladefläche. Der MG-Schütze riß die Waffe auf dem Gestell herum, zog durch und stieß einen Kampfschrei aus, ehe er abdrückte. Klinger warf sich hin, die erste Garbe des MG-Feuers peitschte über ihn hinweg.

Er rollte sich auf dem eisigen Metall zur Seite, bekam den Fuß des Schützen zu fassen und riß den Mann herunter. Der versuchte sich freizumachen, rammte Klinger seine Faust in den Leib und wich zurück. Klinger setzte nach und bekam gerade noch die Hand des Kerls zu fassen, mit der er seine Pistole herausgerissen hatte. Er umklammerte das Handgelenk und drückte es hoch. Ein Schuß löste sich. Die Explosion dröhnte Klinger in den Ohren. Er rammte dem Mann das Knie zwischen die Beine, hörte ihn aufbrüllen und spürte ihn schlagartig schlapp werden. Der Geländewagen kam schlingernd zum Stehen. Klinger tastete blind nach der Waffe des MG-Schützen, bekam sie zu fassen und konnte sie gerade noch hochreißen, als der Fahrer nach hinten zu kommen versuchte. Klinger feuerte sofort. Der Mann in der blauen GAZPROM-Jacke brach zusammen.

Schwer atmend schaffte Klinger den MG-Schützen von der Ladefläche, zerrte den Fahrer aus dem Wagen und warf sich hinters Steuer. Der Motor heulte auf. Er jagte auf das Vorfeld. Der Truck stand neben der Antonov. Auf der Leiter zum Cockpit machte er Beck und Jensen aus. Klinger brachte den Jeep vielleicht zwanzig Meter seitlich vor der Maschine zum Stehen, als auch schon eine Formation aus drei Geländewagen aufs Vorfeld schoß. Im vordersten Wagen klemmte ein MG-Schütze hinter seiner Waffe, auf der Ladefläche stand eine hochgewachsene Gestalt. Schirinski. Die Wagen fächerten auseinander. Klinger riß das MG an sich, preße den Kolben an die Hüfte, warf den Patronengurt über den Unterarm und zog durch. Der Rückstoß warf ihn gegen den Überrollbügel, aber dann hatte er einen festen Stand und deckte die drei Wagen ein. In dem Gurt war jede fünfte Kugel ein Leuchtspurgeschoß. Die glühende Linie zuckte über das Flugfeld. Der linke Geländewagen kam ins Schleudern. Klinger schickte eine Salve hinterher. Der Tank explodierte mit einem dumpfen Knall, eine Feuerkugel schoß in den Himmel. Klinger setzte das MG ab. Seine Hüfte schmerzte von den Schlägen des Rückstoßes. Von dem MG auf Schirinskis Wagen fauchte eine Garbe herüber. Klinger warf sich zu Boden und hätte sich um ein Haar das Gesicht am Lauf des MG verbrannt. Über ihn sirrten die Kugeln. Er schob das MG über die Ladeklappe und feuerte blind eine Salve zu Schirinski hinüber.

Niemand erwiderte das Feuer. Die Motoren der Wagen tuckerten. Der Wind trug den Gestank von Kordit und halblaute russische Befehle herüber. Und dann knallten in die Stille hinein die ersten Takte der Motoren der Antonov. Es wurde Zeit, an Bord zu gehen.

Gonschorek packte die Reste des Abendessens in die Spüle. Reka saß frischgebadet und in seinen alten Bademantel gewickelt vor seinem Fernseher. Die Kleine hatte ihm den halben Kühlschrank leergefressen, und er fragte sich langsam, ob es wirklich eine gute Idee gewesen war, sie mit nach Hause zu nehmen. Er ging hinüber ins Wohnzimmer. Reka schaltete mit der Fernbedienung herum.

«Kein MTV?»

«Kein MTV», sagte Gonschorek. «Sei froh, daß wir überhaupt hier sind.» Schirinskis Männer hatten sie und die Piloten vor dem Interhotel aus dem Wagen geschmissen und sich davongemacht. «Das hätte ganz anders ausgehen können.»

Reka legte die Fernbedienung weg. «Weiß ich.» Sie ging ans Fenster. Am Horizont zeichnete sich ein dunkler Rauchpilz ab. Gonschorek zerrte seinen Lederkoffer unter dem Sofa hervor und holte eine abgestoßene Mauser heraus. Er checkte die Waffe durch, schob ein Magazin hinein und steckte sie sich in den Hosenbund. In der nächsten Zeit war es wohl besser, wenn er einen großen Bogen um Männer mit GAZPROM-Jacken machte. Reka kam zu ihm. «Wow.» Sie langte nach einer Parabellum.

«Finger weg!» sagte Gonschorek.

«Ich habe aber Angst!» sagte sie. Und nach einer Weile: «Der General ... ich kenne ihn. Aus Grosny. Er wollte uns alle töten.» Gonschoreks Blick blieb an ihr kleben. Der Bademantel war ihr von den Schultern gerutscht. «Soll ich dir einen blasen?»

Gonschorek seufzte. «Lern erst mal was Ordentliches.» Er zog ihr den Mantel hoch. «Du kannst übrigens Gonzo zu mir sagen.»

Klinger bekam nicht genau mit, was Jensen vom Einstieg der Maschine herunterbrüllte, aber es war klar, daß er sich beeilen sollte. Er riskierte einen Blick über die Ladeklappe. Die Trümmer des explodierten Geländewagens kokelten vor sich hin. Der MG-Schütze auf Schirinskis Wagen fummelte an der Waffe herum. Der General war nicht zu sehen. Klinger schwang sich herunter, riß das MG mit und feuerte eine Garbe hinüber. Der MG-Schütze tauchte sofort ab, Klinger senkte den Lauf der Waffe und gab einen Feuerstoß auf den Wagen ab. Die Explosion hob ihn ein paar Meter in die Luft. In dem Feuerball explodierte die MG-Munition. Klinger stellte fest, daß er seinen Patronengurt verschossen hatte, warf die Waffe weg und rannte zu der Antonov. Der letzte Geländewagen heulte heran. Klinger zerrte die Tokarew aus dem Hosenbund und feuerte im Laufen. Der General stand auf der Ladefläche und wuchtete sich ein klobiges Rohr auf die Schulter. Klinger zuckte die Angst durch den Körper. Als er endlich die Leiter am Flugzeug erreichte, warf er die Tokarew weg. Wenn Schirinski die Maschine mit seiner Panzerabwehrrakete traf, war alles umsonst gewesen.

Er zog sich keuchend in die Höhe. Seine schweißnassen Finger rutschten an der Leiter ab. Jensen ruderte an der Cockpit-Tür mit den Armen. Unmittelbar darauf löste Beck die Bremsen, ein Zittern ging durch die Maschine, und die Motoren heulten in den höchsten Drehzahlbereich. Mit der Trägheit ein fetter Henne setzte sich die Maschine in Bewegung. Klinger zog sich weiter hoch und verdrängte ein paar apokalyptische Gedanken. Er hatte keine Lust, ins Gras zu beißen, ohne die Markteinführung der MADONNA erlebt zu haben. Er zog sich auf die letzte Sprosse, während die Maschine auf die Startbahn rollte. Jensen packte ihn und zerrte ihn hinein. Klinger sackte auf den Boden und rang nach Luft. «Okay!» brüllte Jensen nach vorn zu Beck.

Das Dröhnen der Motoren schwoll weiter an. Jensen hämmerte gegen die Verriegelung der Luke, bis sie einrastete. Dann sackte sie neben Klinger zu Boden. «Alles in Ordnung?»

Er schnappte nach Luft. Die Maschine wurde schneller. «Nichts … in Ordnung …» preßte er hervor. «Schirinski … da unten … Rakete …»

«Scheiße», sagte Jensen.

Beck sah zuerst den Geländewagen auf der Rollbahn und dann die Gestalt, die herunterkletterte. Er blinzelte, weil er nicht glauben konnte, was er sah. Das Ding, das Schirinski da auf der Schulter hatte, jagte ihm einen Schauer über den Rücken. Ein Panzerknacker. Die Rakete durchbrach selbst auf anderthalb Kilometer noch jeden Stahl.

Die Antonov raste über die Piste. Beck riß am Steuerknüppel, die Maschine ruckte in die Höhe, sackte durch, Beck zog den Knüppel mit aller Kraft an sich heran und betete, daß er die Nase hochkriegte, ehe der General da unten schußbereit war. Unendlich langsam kam die Maschine hoch, die Motoren dröhnten an der Grenze ihrer Belastbarkeit. Unter ihm tauchte die Bahn mit dem Geländewagen und dem General weg. Das letzte, was Beck noch sah, war, wie Schirinski mit der Abschußvorrichtung auf der Schulter herumschwenkte. Der Schweiß lief ihm über Gesicht und Nacken. Sein Blick hastete über die Instrumente. Er fragte sich, ob der Große Drehbuchautor nicht vielleicht doch noch ein Einsehen mit ihnen haben würde. Immerhin hatten sie ihre Sache bis jetzt doch ganz gut gemacht. Dann schoß ihm eine Schlagzeile durch den Kopf, die er vor kurzem gelesen hatte: «Der Euro ist tot!» Das war kein gutes Omen!

Jensen drängte sich ins Cockpit. «Der General ...»

Beck nickte. «Schon gesehen. Kannst du beten?»

Jensen wurde blaß. Beck hantierte an den Hebeln, um die Maschine möglichst schnell aus der Reichweite des Panzerknackers zu bringen. Doch schon während er im Kopf ihre Steiggeschwindigkeit mit der Feuergeschwindigkeit der Rakete gegenrechnete, war ihm klar, daß die Sache nicht aufgehen konnte. Schirinski hatte eine Zieloptik und konnte sie abknallen wie einen Fesselballon. Er erwartete jeden Moment den dröhnenden Einschlag der Panzergranate.

Vor ihm tauchte die Reihe der Drucktanks am Rand des Gaswerks auf. Ein Geflecht von Ventilen und Rohren wand sich um die Behälter. Beck preßte die Lippen zusammen und drückte die Antonov herunter. Sie rasten auf die Tanks zu.

«Was machst du da?» brüllte Jensen.

«Vertrau mir!» Beck zwang die Maschine noch tiefer. Die Turbinen heulten, als ob sie abschmieren würden.

«Beck!» Jensen klammerte sich an seine Schulter. Klinger steckte den Kopf ins Cockpit. «Was ...»

Beck drückte die Nase noch ein Stück tiefer. Die Gastanks wuchsen in atemberaubender Geschwindigkeit. Etwas krachte, die Maschine rüttelte, Jensen schrie. Und Beck riß die Antonov in einer steilen Kurve nach oben. Jensen schnappte nach Luft. «Was ...»

«Jetzt solltest du beten!» sagte Beck.

Schirinski verfolgte die Maschine durch die Zieloptik bei ihrem Steigflug. Die ML 37 Panzerabwehrrakete lag schußbereit auf seiner Schulter. Der Pilot hatte wohl Probleme mit der Antonov. Um ein Haar wäre er eben in die Gastanks gerast, aber dann hatte er es doch noch geschafft. Schirinski spuckte aus und faßte das Ziel wieder auf. Es gab immer noch eine Chance, auch in einem Kampf, der schon fast verloren war. Mit einem grimmigen Lächeln löste er die Rakete aus.

Das Geschoß fauchte los. Schirinski taumelte im Rückstoß und kniff die Augen zusammen, um den Feuerschweif zu verfolgen, der hinter der Antonov herjagte. Erst als es sich den Gastanks näherte, begriff er, daß der Pilot eben in voller Absicht so tief über die Anlage gerast war, daß er sie mit dem Fahrwerk gestreift hatte. Er sah undeutlich die Rohre und Ventile auf den Tanks, die das Flugzeug beim Überflug aus den Verankerungen gerissen hatte. Das Gas mußte mit ungeheurem Druck in den Himmel schießen, genau in die Flugbahn der Panzerabwehrrakete mit ihrem feuersprühenden Schweif.

Er sah noch die erste Explosion, als die Rakete das Gas entzündete, sah die Feuerwand, die sich über den Tanks aufbaute und in der sie nacheinander zerbarsten. Und dann sah er die Feuerwalze, die auf ihn zuraste.

«Game over!» sagte Beck, als hinter ihm der Himmel brannte. Die Antonov schlingerte, Jensen wurde gegen ihn geworfen, und Klinger knallte mit dem Kopf an eine Verstrebung. Er zog am Knüppel, um aus dem Einzugsbereich des Feuersturms zu kommen, der an den Tragflächen zerrte. Was er jetzt am wenigsten brauchte, war ein Strömungsabriß. Als gutes postsozialistisches Arbeitstier dröhnte die Maschine in eine annehmbare Höhe. Beck fand endlich Zeit, sich auf den Karten des Captains nach einem geeigneten Heimatkurs umzusehen.

Jensen hing im Sitz des Copiloten. «Das machst du nicht noch mal!»

Klinger hatte sich den Kopfhörer des Navigators übergestülpt. «Flight Control Moskau bittet um Identifizierung», sagte er. «Tust du ihnen den Gefallen, ehe sie uns ein paar MIGs hinterherschicken?»

Vladimir lenkte den Geländewagen so nah an das Flugfeld heran, wie es die Hitze des Feuersturms zuließ. Die Luft warf Schlieren, der Sogwind ließ seine Haare flattern. Die Flammen fauchten mit einem grausamen Geräusch in den Himmel. So mußte der Eingang zur Hölle aussehen.

Als er mit dem Jeep auf der trümmerübersäten Bahn nicht mehr weiterkam, stieg er aus und setzte seinen Weg, gegen den Hitzesturm gestemmt, zu Fuß fort. Er zog die Glock und lud durch. Er brauchte Gewißheit. Wenn er Oleg melden konnte, daß der General tot war, würde er endlich gehen können. Vladimir stieß auf einige verkohlte Leichen, die er an den Resten ihrer Uniformen als Männer aus der Sicherheitstruppe identifizierte. Die Hitze war jetzt fast unerträglich. Der Qualm biß ihm in den Lungen.

Als er die Gestalt aus den schwarzgrauen Wolken auf sich zuwanken sah, glaubte er zunächst an eine Fata Morgana. Das Gesicht des Generals war voller Brandblasen, seine Uniform kokelte und qualmte, aber er hielt sich aufrecht und umklammerte den Riemen seiner Uzi. Der Gürtel mit dem Holster und der Tokarew hing ihm am Bein herunter. Vladimir hob die Glock und zielte.

Der General blieb stehen. Er schüttelte den Kopf, als könne er nicht glauben, was er sah. «Was willst du, Bastard?» keuchte er. Vladimir erkannte die Bewegung, mit der Schirinski die Uzi hochriß, erst, als der Lauf schon auf ihn zeigte. Der General drückte ab.

Das Klicken, mit dem der Verschluß in die leere Patronenkammer rastete, ging im Blaken der Flammen und dem Dröhnen von Vladimirs Glock unter. Seine Kugel traf den General in die Schulter, riß ihn herum und warf ihn zu Boden. Vladimir ging näher. Schirinski lag halb auf dem Bauch und starrte ihn an. Seine Lippen bewegten sich. Vladimir ging in die Knie und setzte dem General die Mündung der Glock auf die Stirn. «Was willst du mir sagen?»

«Weißt du, daß Krolow von Anfang an gewußt hat, daß du für die Amerikaner gearbeitet hast?» keuchte Schirinski. «So stand es in dem Brief, in dem er mir schrieb, daß du dich bei mir melden würdest. Er meinte, ich hätte vielleicht Verwendung für einen amerikanski spion ...» Der General versuchte, sich hustend aufzurichten. Vladimir drückte ihn mit der Glock zu Boden. Schirinski kicherte. «Und wirklich ... wer sonst hätte mir das Gewehr aus Dallas besorgen können, und das andere aus Memphis ...» Er hustete wieder. «Aber jetzt, mein Freund ... habe ich keine Verwendung mehr für dich.»

Vladimir sah die Hand des Generals unter seinem Körper

hervorkommen, und ehe er begriff, daß Schirinski die Tokarew in der Faust hielt, krachte auch schon der Schuß. Die Kugel traf Vladimir genau zwischen die Augen, und er hatte nicht einmal die Zeit, sich darüber zu wundern, daß er starb.

Elisabeth Jacobi legte Victor die Hand auf die Schulter. Seit zwei Stunden starrte er nun schon stumm in den Garten. Wasser und Eis glitzerten auf den Zweigen der Büsche.

«Es ist vorbei», sagte Victor. «Die drei haben sich vorhin gemeldet. Sie landen in einer halben Stunde in Warschau.»

Elisabeth setzte sich zu ihm. «Du hättest Reka nicht gehen lassen dürfen.»

Jacobi sah sie an. «Du hast dir immer ein Kind gewünscht, ja?»

Sie sah in den Garten. «Natürlich», sagte sie. Und nach einer Weile: «Aber ich weiß nicht, ob ich eine gute Mutter gewesen wäre. Ich denke, wir haben keinen Fehler gemacht.»

Er griff nach ihrer Hand. «‹Durch die Analyse der Fehler von gestern lernen wir die Fehler von heute und von morgen vermeiden.›»

«Louise Aston?»

«Lenin.» Er erzählte von den Fehlern bei der aktuellen Operation von OMEGA. «Ich habe mich auf die Signale verlassen und die Bombe gezündet. Und der letzte Fehler war, daß die Antonov nicht vollgetankt war, so daß Beck jetzt in Warschau zwischenlanden muß.»

«Einfach so?» Elisabeth hob die Augenbrauen.

Jacobi grinste und erzählte ihr von seinem letzten Funkkontakt mit der Antonov. «Er hat Warschau einen medizinischen Notfall an Bord gemeldet.»

«Was denn für einen Notfall?»

«Er hat gesagt, daß Jensen ein Kind bekommt.»

DREIZEHN

Hamburg, 21. November, 20.47 Ortszeit

GESCHLOSSENE GESELLSCHAFT stand auf dem Pappschild an der Tür des NEW STAR CLUBS. Beck stieß die Tür auf und kam gerade noch rechtzeitig, um die letzten Takte von «Sugar, Sugar» zu hören, das Klinger am Karaoke-Mikrofon zum besten gab. Beck balancierte seine beiden Tüten zu Jensen und Jacobi an den Tisch. Jensen kräuselte die Nase. Beck grinste. «Mahlzeit!»

Unter Jacobis leicht befremdetem Blick riß Jensen die Tüten auf und langte nach dem Super-Burger und der dreifachen Portion Fritten. «Lecker!»

«Nachher gibt es noch ein Büffet», bemerkte Jacobi.

Jensen ließ sich nicht irritieren, und Beck zuckte mit den Schultern. «Ich hab ihr versprochen, daß ich sie mal zum Essen einlade!»

Jacobi hob eine Augenbraue, und Beck kannte ihn gut genug, um zu wissen, daß dies sein einziger Kommentar dazu bleiben würde. Manchmal hatte diese hanseatische Zurückhaltung eben auch ihre guten Seiten. Klinger versuchte sich inzwischen an «Like a virgin». Sein Pferdeschwanz wippte im Takt, und er sang mit geschlossenen Augen. «Trennungsschmerz», sagte Jensen mit vollem Mund und schob Beck eine Fritte zwischen die Lippen. «Er trauert seiner MADONNA nach.»

Nach Klinger trat der Conferencier mit einer Zarah-Leander-Nummer zum Playback an. Beck hatte den Eindruck, daß Jacobi bei «Der Wind hat mir ein Lied erzählt» ein wenig sentimental wurde.

«Wer dem Bären ins Herz schauen will, muß ihm ein Lied

singen!» Klinger orderte bei der Bedienung mit dem feschen Nasenflügelpiercing ein Mineralwasser. Jacobi zündete sich eine Cohiba an. Beck fand, daß er genügend gut gelaunt aussah, um ihm endlich die Frage zu stellen, mit der er sich in den letzten Tagen beschäftigt hatte. «Wie haben Sie es geschafft, diese Höllenmaschine so fix in den Papiercontainer eingebaut zu kriegen? Das BKA kann's nicht gewesen sein – bis die ihre Ärsche hochkriegen, ist die Welt schon dreimal untergegangen.»

«With a little help from his friends», sagte jemand hinter Beck. Goodman sah in seinem Brooks-Brothers-Dreiteiler wie aus dem Ei gepellt aus und fand es wohl cool, auch im Halbdämmer des Clubs seine Ray Ban aufzubehalten.

«Amerikaner», seufzte Beck. «Natürlich. Sicher, wenn's knallen soll, seid ihr immer ganz vorne dabei.»

Goodman sagte nicht viel, aber aus dem wenigen, was er erzählte, reimte Beck sich zusammen, daß die FBI-Leute, die wegen der Kennedy-Waffe herübergekommen waren, die technische Seite der Sache geregelt hatten.

«Der Sprengstoff kam vom BKA», sagte Jacobi. «Sichergestelltes Terroristenmaterial.»

Der Conferencier schmetterte ein letztes «Yessir!». Jensen räumte die Reste ihres Essens auf den Nachbartisch und griff nach Becks Hand. «Los, singen!»

Klinger applaudierte, aber es war Goodmans amüsierter Blick, der Beck mit grimmiger Entschlossenheit auf die Bühne stapfen ließ. Jensen drückte ihm ein Mikro in die Hand und drückte einen Song. Zu den ersten Bildern auf dem Schirm begann die Musik. «I'm just a lonely boy ...»

Beck gab sich Mühe, und als er fertig war, strahlte Jensen ihn an: «Du hast ja echt verborgene Talente!»

Klinger beugte sich zu Beck. «Wenn man dich und Jensen so sieht, denkt man ja fast ...»

Beck hob die Rechte: «I never had sex with this woman!»

Jacobi mußte es gehört haben, denn er starrte befremdet auf seine Zigarre. Ein Luftzug wehte durch den Raum. Auf dem Mantel des Innensenators schmolzen ein paar Schneeflocken. Störtebecker winkte sie zu sich und sagte der Barfrau, daß sie den Fernseher anmachen sollte. «Seit einer Stunde gibt es kein anderes Thema mehr!»

Beck sah die Nachrichtenbilder aus Moskau. Vor der Duma waren Panzer aufgefahren. Soldaten hielten die Leute in Schach. Beck fror auf einmal. «Der ehemalige General Fjodor Jewgeniwitsch Schirinski hat heute mittag den amtierenden Präsidenten abgesetzt und als Führer einer Koalition verschiedener Splitterparteien eine Regierung des nationalen Notstandes ausgerufen. In einer ersten Erklärung verkündete Schirinski, daß die bevorstehenden Wahlen aus Gründen der inneren Sicherheit nicht durchgeführt werden könnten. Sobald, so Schirinski weiter, die von ihm mit Unterstützung der Armee eingeleiteten Maßnahmen zur Stabilisierung des Staates ihre Wirkung zeigten, sei er bereit, sich dem Votum des Volkes zu stellen.»

Jacobi senkte den Blick und hielt sich an seiner Zigarre fest. Störtebecker legte ihm die Hand auf die Schulter.

Keiner hatte bemerkt, wie der Conferencier sich für seine neue Nummer bereit gemacht hatte. Er steckte in einem T-Shirt mit einer roten Zunge. Das Playback lief an. «Please allow me to introduce myself . . .»

EPILOG

Moskau, 22. November, 13.14 Ortszeit

Jetzt schneite es schon seit drei Tagen. Reka klapperte mit den Zähnen. Ihr Gesicht war fast ohne Gefühl. Um sie herum drängten sich die Menschen auf dem Platz vor dem Kreml. Milizionäre mit umgehängten Maschinenpistolen hielten die Menge hinter den Absperrgittern. Unter dem Zeltdach auf dem Podium wartete ein plastikgrün umkränztes Rednerpult. SCHIRINSKI – RETTER RUSSLANDS stand auf dem Transparent über dem Pult. Eine Militärkapelle spielte Marschmusik. Unter den Männern neben Reka kreiste eine Wodkaflasche.

Sie wurde gegen die Absperrung gedrückt. Ein kleiner Kerl hüpfte hinter das Mikrofon am Rednerpult. «Bürger der Stadt Moskau ... Der Retter Rußlands wird die Nation zu neuem Glanz führen. Der Retter Rußlands wird zu euch sprechen.» Eine Tonbandfanfare plärrte los. Reka wurde hin und her geschoben. Die Soldaten rissen die Gitter aus ihren Betonfüßen, um eine Durchfahrt für einen Konvoi zu schaffen. Die vorderste Limousine war ein Saab. Leibwächter in blauen GAZPROM-Jacken öffneten den hinteren Wagenschlag.

Reka starrte dem blonden Hünen mit dem wallenden Haar entgegen, der aus dem Wagen stieg. Schirinski trug die Uniform eines Generals der Roten Armee. Die Rangabzeichen auf den Kragenspiegeln schimmerten im kalten Scheinwerferlicht. Sein Gesicht war bandagiert. Reka erinnerte sich an das Bild auf dem Plakat, das ihr Vater in Grosny von der Wand des Postamtes hatte reißen wollen. «Er ist der Schlächter Rußlands», hatte er gesagt.

Schirinski hob die Arme und grüßte in die Menge. Das Johlen und Brüllen um ihn herum wurde zum Orkan. Rekas Hand glitt in die Tasche ihres Mantels, und sie umfaßte mit klammen Fingern den Kolben von Gonschoreks Pistole.